NOUVELLES ALLEMANDES CONTEMPORAINES

Marie-Louise Kaschnitz
Herbert Malecha
Aurelia Bundschuh
Siegfried Lenz
Wolfgang Borchert
Max Frisch
Heinrich Böll

Choix, introduction et notes par
Michel LEMERCIER
Agrégé de l'Université

POCKET

Langues pour tous

Collection dirigée par Jean-Pierre Berman, Michel Marcheteau et Michel Savio

ALLEMAND

❑ Pour débuter ou tout revoir :
- **40 leçons pour parler allemand** (CD)

❑ Pour se perfectionner et connaître l'environnement :
- **Se perfectionner en allemand** (CD)

❑ Pour se débrouiller rapidement :
- **L'allemand tout de suite !** (CD)

❑ Pour évaluer et améliorer votre niveau :
- **200 tests pour progresser en allemand**

❑ Pour aborder la langue spécialisée :
- **L'allemand économique et commercial** (20 dossiers)
- **Dictionnaire économique, commercial et financier**
- **Correspondance commerciale**
- **L'allemand juridique**

❑ Pour s'aider d'ouvrages de référence :
- **Grammaire allemande pour tous**
- **Conjugaison et déclinaison allemande**

❑ Pour prendre contact avec des œuvres en version originale :
- **Série bilingue** (textes originaux + traductions et notes pédagogiques) :

Niveaux : □ facile (1er cycle) □□ moyen (2e cycle) □□□ avancé

- **Nouvelles allemandes d'aujourd'hui** □
- **Nouvelles allemandes contemporaines** □□
- **Humour et satire**
- **Brecht (Bertolt) : Nouvelles** □□
- **Zweig (Stefan) : L'Étoile au-dessus de la forêt** □□
- **Zweig (Stefan) : L'Amour d'Erica Ewald** □□

(CD) = Existence d'un coffret : Livre + CD
Attention ! Les CD ne peuvent être vendus séparément du livre.

Autres langues disponibles dans les séries de la collection
Langues pour tous

ALLEMAND · AMÉRICAIN · ARABE · CHINOIS · ESPAGNOL · FRANÇAIS · GREC · HÉBREU
ITALIEN · JAPONAIS · LATIN · NÉERLANDAIS · OCCITAN · POLONAIS · PORTUGAIS
RUSSE · TCHÈQUE · TURC · VIETNAMIEN

ISBN : 978-2-266-18911-8

Sommaire

ISBN : 978-2-266-13465-1

Comment utiliser la série « Bilingue » ?

Les ouvrages de la série « Bilingue » permettent aux lecteurs :

• d'avoir accès aux versions originales de textes célèbres, et d'en apprécier, dans les détails, la forme et le fond, en l'occurrence, ici, **de nouvelles allemandes** ;

• d'améliorer leur connaissance de l'allemand, en particulier dans le domaine du vocabulaire dont l'acquisition est facilitée par l'intérêt même du récit, et le fait que mots et expressions apparaissent en situation dans un contexte, ce qui aide à bien cerner leur sens.

Cette série constitue donc une véritable méthode d'auto-enseignement, dont le contenu est le suivant :

• page de gauche, le texte en allemand ;

• page de droite, la traduction française ;

• bas des pages de gauche et de droite, une série de notes explicatives (vocabulaire, grammaire, rappels historiques, etc.).

Les notes de bas de page aident le lecteur à distinguer les mots et expressions idiomatiques d'un usage courant et qu'il lui faut mémoriser, de ce qui peut être trop exclusivement lié aux événements et à l'art de l'auteur.

Il est conseillé au lecteur de lire d'abord l'allemand, de se reporter aux notes et de ne passer qu'ensuite à la traduction ; sauf, bien entendu, s'il éprouve de trop grandes difficultés à suivre le texte dans ses détails, auquel cas il lui faut se concentrer davantage sur la traduction, pour revenir finalement au texte allemand, en s'assurant bien qu'il en a maintenant maîtrisé le sens.

Signes et principales abréviations utilisés dans les notes

≠	contraire de	*fam.*	familier
⚠	attention à...	*fig.*	figuré
▲	faux ami	*invar.*	invariable
abr.	abréviation	*litt.*	littéralement
acc.	accusatif	*pr.*	pronom
adj.	adjectif	*qqch.*	quelque chose
adv.	adverbe	*qqun.*	*quelqu'un*
c.-à-d.	c'est-à-dire	*syn.*	synonyme
dat.	datif		

Michel LEMERCIER

— Etudes (germanistique/linguistique) à la Sorbonne et à Strasbourg. Agrégé de l'Université. Maître de conférences honoraire à Strasbourg III (Institut d'Etudes Politiques).

— A publié (P. Lang, Berne, Francfort/M.) *Apogée franco-allemand. Une année privilégiée dans l'histoire des rapports franco-allemands. 1.7.1962-30.6.1963.* Compte rendu d'une analyse de contenu sur la réception du thème de la réconciliation dans le discours journalistique de trois hebdomadaires ouest-allemands *(Bayern-Kurier, Spiegel, Zeit).*

— Directeur du Département Allemagne/Autriche à Eurolangues/Voyage-Formation. Vient de publier avec l'équipe de recherche qu'il anime *Deutsch können - Deutschland kennen* à l'usage des étudiants non germanistes - LEA, Grandes Ecoles, classes préparatoires (Ed. Ophrys).

— Collaboration à *Etudes gaulliennes, Espoir, Foi et langage, Langues modernes, Revue d'Allemagne et des pays de langue allemande, Revue de l'Institut Catholique de Paris, Cahiers Robert d'Harcourt,* dont il assura la création.

MARIE-LUISE KASCHNITZ

Gespenster

Revenants

M.-L. Kaschnitz (1901-1974), née baronne de Holzing-Berstett à Karlsruhe, grandit à Potsdam et à Berlin, vécut à Königsberg, à Marburg, à Frankfurt/Main et surtout à l'étranger, en Italie, en Grèce, en Turquie et en Afrique du Nord. C'est là que, à la faveur des recherches archéologiques de son mari, le professeur G. von Kaschnitz-Weinberg, elle se familiarisa avec l'Antiquité qui a marqué une partie de ses écrits.

Une chose est claire d'emblée : M.-L. Kaschnitz représente ceci de particulier et de rare dans l'histoire de la littérature allemande contemporaine : un écrivain dont l'œuvre n'est contestée par personne. On y trouve aussi bien des poèmes : *Neue Gedichte* (1957), des nouvelles : *Lange Schatten* (1960), des pièces radiophoniques que des essais, des romans : *Elissa* (1936) ou *Gustave Courbet* (1949), ou des textes autobiographiques : *Das Haus der Kindheit* (1956) où se profilent les drames intimes ou familiaux comme les événements qui déterminèrent l'histoire allemande et européenne entre 1933 et 1970.

Ce qui frappe dans son œuvre c'est la coexistence d'une observation clinique et d'un rendu exact de la réalité en même temps qu'une prédilection pour le mythique, le féerique, l'intrusion de l'étrange dans le quotidien, comme en témoigne par exemple ici *Gespenster*. Ce qui la distingue de beaucoup d'autres modernes c'est que sa prise de conscience du monde et des événements de l'histoire ne la conduit jamais à les déclarer absurdes ou à désespérer.

On a rendu hommage à la transparence de sa langue — presque toutes ses phrases pourraient servir de modèle à ceux qui apprennent l'allemand. On relèvera tout particulièrement dans les pages suivantes le recours stylistique relativement fréquent à **obwohl, als ob, als ...**, qui ont pour mission de rendre sensible au lecteur l'interférence du réel et de l'irréel...

Ob[1] ich schon einmal eine Gespenstergeschichte[2] erlebt habe? O ja, gewiß – ich habe sie auch noch gut im Gedächtnis, und will sie Ihnen[3] erzählen. Aber wenn ich damit zu Ende bin, dürfen Sie mich nichts fragen und keine Erklärung verlangen, denn ich weiß gerade nur so viel, wie ich Ihnen berichte und kein Wort mehr.

Das Erlebnis, das ich im Sinn habe, begann im Theater, und zwar im Old Vic Theater in London, bei einer Aufführung Richards II. von Shakespeare. Ich war damals zum ersten Mal[4] in London und mein Mann auch, und die Stadt machte einen gewaltigen Eindruck auf uns. Wir wohnten ja für gewöhnlich auf dem Lande[5], in Österreich, und natürlich kannten wir Wien und auch München und Rom, aber was eine Weltstadt war, wußten wir nicht. Ich erinnere mich, daß wir schon auf dem Weg[6] ins Theater, auf den steilen Rolltreppen der Untergrundbahn hinab- und hinaufschwebend und im eisigen Schluchtenwind der Bahnsteige den Zügen nacheilend, in eine seltsame Stimmung von Erregung und Freude gerieten und daß wir dann vor dem noch geschlossenen Vorhang saßen, wie Kinder, die zum ersten Mal ein Weihnachtsmärchen auf der Bühne sehen. Endlich ging der Vorhang auf[7], das Stück fing an, bald erschien der junge König, ein hübscher Bub, ein Playboy, von dem wir doch wußten, was das Schicksal mit ihm vorhatte, wie es ihn beugen würde und wie er schließlich untergehen[8] sollte, machtlos[9] aus eigenem Entschluß. Aber während ich an der Handlung sogleich den lebhaftesten Anteil nahm und, hingerissen[10] von den glühenden Farben des Bildes und der Kostüme, keinen Blick mehr von der Bühne wandte,

---

1. **Ob :** *Si*, au sens de : je me demande *si* mon frère est bien rentré (interrogation indirecte).

2. **das Gespenst (er) :** *le fantôme, le spectre, le revenant*. Ex. : **Das Gespenst der Inflation :** *le spectre de l'inflation.*
Attention : *le vaisseau fantôme :* **der fliegende Holländer**.

3. **Ihnen :** dat. + pluriel de **Sie** (avec une majuscule) : *Vous, monsieur...* — ne pas confondre avec **ihnen** (dat. pluriel de **sie** (avec une minuscule) : *ils, elles*).

4. **zum ersten Mal ≠ zum letzten Mal**. Ex. : **das nächste Mal kommen Sie pünktlich an :** *la prochaine fois, soyez à l'heure.* **Einmal ist keinmal :** *une fois n'est pas coutume.*

5. **auf dem Land ≠ in der Stadt leben** (question **wo**) **aufs (= auf das) Land ≠ in die Stadt fahren** (question **wohin**).

Si j'ai déjà vécu une histoire de revenants ? Oui, bien sûr, je l'ai même encore bien présente à l'esprit et je vais vous la raconter. Mais lorsque j'aurai fini, ne me posez pas de questions et ne réclamez pas d'explication, car je sais tout juste ce que je vous raconte et pas un mot de plus.

L'événement auquel je songe débuta au théâtre, au Old Vic Theater de Londres, à l'occasion d'une représentation de *Richard II* de Shakespeare. A cette époque, j'étais pour la première fois à Londres, mon mari également et la ville nous fit une impression considérable. Il est vrai que nous vivions d'ordinaire à la campagne, en Autriche, et nous connaissions évidemment Vienne, de même que Munich et Rome, mais ce que c'est qu'une métropole, nous ne le savions pas. Je m'en souviens bien : en route pour le théâtre, montant et descendant en escalator les pentes raides du métro et courant le long des quais après les voitures par une bise glaciale de défilé alpestre, nous fûmes déjà en proie à un étrange sentiment fait d'excitation et de joie et, une fois assis devant le rideau, nous étions là comme des enfants qui, pour la première fois de leur vie, voient sur scène un conte de Noël. Le rideau se leva enfin, la pièce commença, le jeune roi ne tarda pas à paraître, un beau garçon, un play-boy, dont nous n'ignorions pas ce que le destin lui réservait, comment celui-ci allait le dompter et de quelle façon l'intéressé devait périr, victime impuissante d'une faiblesse dont il avait lui-même fait choix.

Tandis que je prenais part à l'action de la manière la plus vive et que, fascinée par les éclatantes couleurs du décor et des costumes, je ne détournais plus un instant mon attention de la scène,

---

6. **auf dem Weg ins (in das) Theater, zur (zu der) Schule :** *en route pour le théâtre, pour l'école.*
7. **auf/gehen (ging, gegangen + sein).** Penser à **die Sonne geht morgens auf** ou **der Samen geht auf** : *lève.*
8. **unter/gehen (ging, gegangen + sein).** Penser encore au soleil : **die untergehende Sonne** : *le soleil couchant.* Ici, c'est un sens figuré : *sombrer, périr.*
9. **machtlos : los** est un suffixe qui indique une privation, un manque. Ex. : **sorgenlos** : *sans souci* ; **heimatlos** : *sans patrie* ; **arbeitslos** : *chômeur, sans travail* ; **hoffnungslos** : *désespéré* ; **harmlos** : *inoffensif* ; **lautlos** : *silencieux.*
10. **hingerissen** vient de **hin/reißen (i, i) :** *emporter, entraîner,* au sens fig. (ici) : *ravir, enthousiasmer.* **Sie ist hinreißend schön :** *belle à ravir.*

schien Anton abgelenkt und nicht recht bei der Sache, so als ob [1] mit einem Male etwas anderes seine Aufmerksamkeit gefangen [2] genommen hätte. Als ich mich einmal, sein Einverständnis suchend, zu ihm wandte, bemerkte ich, daß er gar nicht auf die Bühne schaute und kaum darauf hörte, was dort gesprochen wurde, daß er vielmehr eine Frau ins Auge [3] faßte, die in der Reihe vor uns, ein wenig weiter rechts, saß un die sich auch einige Male halb nach ihm umdrehte, wobei auf ihrem verlorenen Profil so etwas wie ein schüchternes Lächeln erschien.

Anton und ich waren zu jener Zeit schon sechs Jahre verheiratet [4], und ich hatte meine Erfahrungen [5] und wußte, daß er hübsche Frauen und junge Mädchen gern ansah, sich ihnen auch mit Vergnügen näherte, um die Anziehungskraft seiner schönen, südländisch geschnittenen Augen zu erproben. Ein Grund zu rechter Eifersucht [6] war solches Verhalten für mich nie gewesen, und eifersüchtig war ich auch jetzt nicht, nur ein wenig ärgerlich, daß Anton über [7] diesem stärkenden Zeitvertreib versäumte, was mir so besonders erlebenswert erschien. Ich nahm darum weiter keine Notiz von der Eroberung, die zu machen er sich anschickte; selbst als er einmal, im Verlauf des ersten Aktes, meinen Arm leicht berührte und mit einem Heben des Kinns und Senken der Augenlider zu der Schönen hinüberdeutete, nickte ich nur freundlich und wandte mich wieder der Bühne zu.

---

1. **als ob :** *comme si.* C'est un type de subordonnée qui revient à plusieurs reprises dans le texte pour exprimer ici le décalage entre le réel et le fantastique. On y emploie toujours le subj. Ex. : **Er spricht Deutsch, als ob er ein Deutscher wäre. Er fährt, als ob er allein auf der Straße wäre :** *comme s'il était seul sur la route.*
2. **gefangen :** *captif, prisonnier, détenu ;* **gefangen nehmen :** *arrêter, faire prisonnier.* **Das Gefängnis (sse) :** *prison.* **Die Gefangenschaft :** *détention.* Ex. : **Er wurde zu drei Jahren Gefängnis verurteilt :** *il fut condamné à.*
3. Les expressions avec **das Auge (n) :** *l'œil,* sont innombrables en allemand comme en français. Ex. : **Mit den Augen suchen :** *chercher des yeux.* **Im Auge behalten, nicht aus den Augen verlieren :** *ne pas quitter des yeux.* **In die Augen fallen :** *sauter aux yeux.* **Aus den Augen, aus dem Sinn :** *loin des yeux, loin du cœur,* etc.
4. **verheiratet :** *(être) marié.* **Glücklich / unglücklich verheiratet :** *heureux / malheureux en mariage.* **Heiraten (te, t) :** *épouser.* Ex. :

Antoine semblait distrait et absent comme si tout à coup quelque chose d'autre avait accaparé son attention. Me tournant alors vers lui en quête d'un signe de satisfaction, je remarquai qu'il ne regardait pas du tout la scène et n'écoutait plus ce qui s'y disait mais que ses yeux ne quittaient plus une femme, assise une rangée devant nous, un peu sur la droite, qui à plusieurs reprises se tourna à demi dans sa direction et dont le profil imprécis laissait entrevoir quelque chose comme un timide sourire.

Nous étions alors, Antoine et moi, mariés depuis six ans. Je savais par expérience qu'il aimait regarder les jolies femmes et les jeunes filles, qu'il s'approchait d'elles avec plaisir pour voir quelle séduction pouvait bien exercer l'éclat méditerranéen de ses beaux yeux. Ce comportement n'avait jamais été pour moi un motif sérieux de jalousie, et il ne l'était pas davantage à cet instant. J'éprouvai tout juste un peu d'agacement à voir Antoine, distrait à ce point, se priver de jouir d'un spectacle que je considérais comme particulièrement digne d'être apprécié. Je ne prêtai pas davantage attention à la conquête qu'il s'apprêtait à faire, et même lorsqu'à un certain moment, pendant le premier acte, il toucha légèrement mon bras et, levant le menton et abaissant les paupières, il me désigna la beauté, je me contentai d'un signe de tête amical et me tournai à nouveau vers la scène.

Sie hat im Juni einen Deutschen aus Hamburg geheiratet : *elle a épousé en juin un Allemand de Hambourg.* **Aus Liebe heiraten** : *faire un mariage d'amour.*

5. **erfahren (ä, u, a)** : (a) *faire l'expérience de, éprouver.* **Ein erfahrener Mann** : *un homme d'expérience.* **Die Erfahrung (en)** : *l'expérience.* (b) *apprendre* (dans un contexte extra-scolaire) (par ex.) *une nouvelle.* Ex. : **Ich habe eben erfahren, daß sie wieder geheiratet hat** : *je viens d'apprendre qu'elle s'est remariée.*

6. **die Eifersucht : eifersüchtig (auf** + acc.) : *jaloux de qqun.* Cf. **die Gelbsucht** : *jaunisse* ; **die Geldsucht** : *avarice* ; **die Rauschgiftsucht** : *toxicomanie* ; **die Trunksucht** : *alcoolisme* ; **die Geltungssucht** : *ambition maladive.*

7. Sens particulier de **über** (plus souvent prép. spatiale ou temporelle). Ici : *du fait de, à cause de.* **Er konnte über dem Lärm nicht arbeiten** : *le bruit l'empêchait de travailler.* **Über dem Spielen vergißt er alles andere** : *le jeu lui fait oublier tout le reste.*

In der Pause gab es dann freilich kein Ausweichen mehr. Anton schob sich nämlich, so rasch er konnte, aus der Reihe und zog mich mit sich zum Ausgang, und ich begriff, daß er dort warten wollte, bis die Unbekannte an uns vorüberging, vorausgesetzt [1], daß sie ihren Platz überhaupt verließ. Sie machte zunächst dazu freilich keine Anstalten [2], es zeigte sich nun auch, daß sie nicht allein war, sondern in Begleitung eines jungen Mannes, der, wie sie selbst, eine zarte bleiche Gesichtsfarbe und rötlichblonde Haare hatte und einen müden, fast erloschenen Eindruck machte. Besonders hübsch ist sie nicht, dachte ich, und übermäßig elegant auch nicht, in Faltenrock und Pullover, wie zu einem Spaziergang über Land. Und dann schlug ich vor [3], draußen auf und ab zu gehen, und begann über das Stück zu sprechen, obwohl ich schon merkte, daß das ganz sinnlos [4] war.

Denn Anton ging nicht mit mir hinaus, und er hörte mir auch gar nicht zu [5]. Er starrte in fast unhöflicher Weise zu dem jungen Paar hinüber, das sich jetzt erhob und auf uns zukam, wenn auch merkwürdig langsam, fast wie im Schlaf. Er kann sie nicht ansprechen, dachte ich, das ist hier nicht üblich, das ist nirgends üblich, aber hier ist es ein unverzeihliches [6] Vergehen. Indessen ging das Mädchen schon ganz nahe an uns vorbei, ohne uns anzusehen, das Programm fiel ihm aus der Hand und wehte auf den Teppich, wie früher einmal ein Spitzentüchlein, suivez-moi, Anknüpfungsmittel einer lange vergangenen [7] Zeit.

---

1. **voraus/setzen (te, t)** : *supposer, présumer*. **Die Voraussetzung** : *la condition, l'hypothèse*. **Vorausgesetzt, daß er die Stelle bekommt** : *à supposer qu'il obtienne la place*.
2. **die Anstalt** : *établissement, école, institution*. Ex. : **die Kreditanstalt (= die Bank, en) ; die Erziehungsanstalt (= die Schule)**. Au pluriel : **er macht Anstalten zu gehen** : *il s'apprête à partir*.
3. **der Vorschlag (¨e) ; vor/schlagen (ä, u, a). Sie schlug ihm vor (= sie machte ihm den Vorschlag), sofort nach Berlin zu fliegen** : *elle lui proposa de prendre immédiatement l'avion pour Berlin*. **Hast du einen besseren Vorschlag?** : *as-tu une meilleure proposition ?*
4. **sinnlos ≠ sinnvoll.**
5. **hören (te, t)** : *entendre*. Ex. : **eine Schallplatte, das Radio hören — zu/hören** (+ dat.) : *écouter*. Ex. : **Hör mal zu!** *Ecoute bien*. **Sie hörte ihm kaum zu** : *elle l'écoutait à peine*. **Der Zuhörer** : *l'auditeur*.

A l'entracte, il n'y eut plus d'échappatoire. Antoine se glissa le plus rapidement qu'il put hors de la rangée et m'entraîna vers la sortie et je compris qu'il voulait y attendre le passage de l'inconnue, à supposer qu'elle quittât sa place. Rien n'indiqua tout d'abord qu'elle s'y disposât, il s'avéra de plus qu'elle n'était pas seule mais accompagnée d'un jeune homme, qui, comme elle-même, avait un teint d'une extrême pâleur et des cheveux blond-roux et qui donnait une impression de fatigue, pour ne pas dire d'extrême abattement. Particulièrement jolie, elle ne l'est pas, me dis-je, d'une élégance excessive, non plus, elle portait une jupe plissée et un pull-over, comme pour une promenade à la campagne. Je proposai alors d'aller et venir dehors et commençai à parler de la pièce, tout en voyant bien que c'était peine perdue.

Antoine, en effet, ne sortit pas avec moi et ne m'écoutait pas le moins du monde. Avec une insistance qui frisait l'impolitesse, il fixait le jeune couple qui se leva, vint vers nous d'une démarche curieusement lente comme s'il s'était déplacé en dormant. Ce n'est pas possible qu'il leur adresse la parole, pensai-je, ce n'est pas l'usage, ce n'est l'usage nulle part, mais ici, c'est un impair impardonnable. Sur ces entrefaites, la jeune fille passa tout près de nous, sans nous regarder, son programme lui échappa de la main et atterrit sur le tapis, comme cela se faisait jadis avec un mouchoir de dentelle, le « suivez-moi », stratagème d'une époque révolue pour établir le contact.

---

6. **verzeihen (ie, ie) :** *pardonner.* **Verzeihung! = Entschuldigung!** : *Pardon = Excusez-moi !* **(Un)verzeihlich** : *(im)pardonnable.*
7. **vergehen (verging, vergangen) :** *s'écouler, passer.* Ex. : **Die Woche in München ist leider viel zu schnell vergangen** : *malheureusement beaucoup trop vite ;* **die Vergangenheit** : *le passé ;* **vergänglich** : *fugace, éphémère ;* **das Vergehen** : *le délit, la faute.*

Anton bückte sich nach dem glänzenden Heftchen, aber statt [1] es zurückzureichen, bat [2] er, einen Blick hineinwerfen zu dürfen, tat das auch, murmelte in seinem kläglichen Englisch allerlei Ungereimtes über die Aufführung und die Schauspieler und stellte den Fremden endlich sich und mich vor, was den jungen Mann nicht wenig zu erstaunen schien. Ja, Erstaunen und Abwehr zeigten sich auch auf dem Gesicht des jungen Mädchens, obwohl es doch sein Programm augenscheinlich mit voller Absicht hatte fallen lassen und obwohl es jetzt meinem Mann ganz ungeniert in die Augen schaute, wenn auch mit trübem, gleichsam verhangenem Blick. Die Hand, die Anton nach kontinentaler Sitte arglos ausgestreckt hatte, übersah [3] sie, nannte auch keinen Namen, sondern sagte nur, wir sind Bruder und Schwester, und der Klang ihrer Stimme, der überaus zart und süß und gar nicht zum Fürchten war, flößte mir einen merkwürdigen Schauder ein. Nach diesen Worten [4], bei denen Anton wie ein Knabe errötete, setzten wir uns in Bewegung [5], wir gingen im Wandelgang auf und ab und sprachen stockend belanglose Dinge, und wenn wir an den Spiegeln vorüberkamen, blieb das fremde Mädchen stehen und zupfte an seinen Haaren und lächelte Anton im Spiegel zu. Und dann läutete es, und wir gingen zurück auf unsere Plätze, und ich hörte zu und sah zu und vergaß die englischen Geschwister, aber Anton vergaß sie nicht.

Er blickte nicht mehr so oft hinüber, aber ich merkte doch, daß er nur darauf wartete [6], daß das Stück zu Ende war, und daß er sich den entsetzlichen und einsamen Tod des gealterten Königs kein bißchen zu Herzen nahm.

---

1. Trois prép. peuvent introduire un groupe infinitif : **anstatt, ohne, um. Zu** est toujours obligatoire, soit immédiatement devant l'inf., soit entre la particule séparable et l'inf. Ex. : **Er arbeitet, anstatt sich auszuruhen** : *se reposer*. **Sie ist weggefahren, ohne vorher zu tanken** : *sans prendre de l'essence auparavant*. **Er hat ein ganzes Jahr in Deutschland verbracht, um Deutsch zu lernen.**
2. **beten (te, t)** : *prier au sens religieux* ; **das Gebet (e), bitten (a, e) jemanden um** : *demander qqch. à qqun.* Ex. : **Er hat seinen Vater um einen Rat gebeten** : *il a demandé conseil à...* ; **bitte!** : *s'il vous plaît.* Mais **bieten (o, o)** ; **das Angebot (e)** : *l'offre*. Ex. : **Es hat sich eine günstige Gelegenheit geboten** : *une occasion favorable s'est présentée.*
3. **übersehen (ie, a, e)** : (a) *embrasser du regard, dominer* ; **die**

Antoine se pencha pour relever le livret de papier glacé mais au lieu de le lui rendre demanda la permission d'y jeter un coup d'œil, ce qu'il fit, murmura dans son anglais de fortune toutes sortes de choses qui ne rimaient à rien sur la mise en scène et les acteurs et finit par nous présenter, lui et moi, aux étrangers, ce qui ne parut pas être une mince surprise pour le jeune homme. A vrai dire, l'étonnement et la réserve se lisaient tout autant sur le visage de la jeune fille, bien qu'elle ait, de toute évidence, fait tomber son programme exprès et qu'elle fixât maintenant mon mari dans les yeux sans aucune gêne, d'un regard dont on eût dit néanmoins qu'un voile le ternissait. Elle négligea la main qu'Antoine, selon l'usage continental, lui tendait innocemment, ne se nomma point, dit seulement, nous sommes frère et sœur et le son de sa voix, au demeurant doux et tendre, et dépourvu de tout ce qui pourrait engendrer la frayeur, me causa un étrange frisson. A ces mots qui firent rougir Antoine comme un petit garçon, nous nous mîmes à aller et venir dans le foyer, parlâmes sans entrain de choses insignifiantes et, chaque fois que nous passions devant les miroirs, la jeune fille s'arrêtait, ajustait ses cheveux et dans le miroir adressait un sourire à Antoine. La sonnerie retentit, nous regagnâmes nos places, et tout regard et tout ouïe pour le spectacle j'oubliai le frère et la sœur mais Antoine, lui, ne les oubliait point.
Il ne regardait plus aussi souvent dans leur direction mais je sentais bien qu'il n'attendait plus qu'une chose, la fin du spectacle, et que la mort affreuse et solitaire du roi vieilli ne l'affectait pas le moins du monde.

Übersicht : *vue d'ensemble, panorama.* **Von hier aus übersieht man die ganze Straße.** (b) *ne pas voir* (volontairement ou non), *laisser passer, négliger.*

4. **das Wort (e)** : *parole.* Ex. : **die Magie des Wortes** : *verbe* ; **mit anderen Worten** : *en d'autres termes* ; **ums Wort bitten** : *demander la parole* ; **das Wort (¨er)** : *mot, vocable.* Ex. : **neues Wort** : *néologisme* ; **das Wörterbuch** : *dictionnaire.*

5. **die Bewegung (en) ; bewegen (te, t)** : *mouvoir, mettre en mouvement.* Ex. : **Himmel und Erde in Bewegung bringen** : *remuer ciel et terre* ; **sich im Kreise bewegen** : *tourner en rond.* **Bewegen (o, o)** : *amener à, déterminer à.* Ex. : **Was hat dich zum Deutschlernen bewogen?** : *qu'est-ce qui t'a engagé à faire de l'allemand ?* ; **der Beweggrund (¨e)** : *motif, mobile.*

6. **warten (te, t) auf** + (acc.) : *attendre.* Ex. : **Ich warte schon eine Stunde auf dich** : *je t'attends depuis une heure.* **Ich warte darauf, daß du fertig bist** : *j'attends que tu sois prêt(e).*

Als der Vorhang gefallen war, wartete er das Klatschen und das Wiedererscheinen der Schauspieler gar nicht ab, sondern drängte zu den Geschwistern [1] hinüber und sprach auf sie ein, offenbar überredete er sie, ihm ihre Garderobemarken zu überlassen [2], denn mit einer ihm sonst ganz fremden [3], unangenehmen Behendigkeit schob und wand er sich gleich darauf durch die ruhig wartenden Zuschauer und kehrte bald mit Mänteln und Hüten beladen zurück; und ich ärgerte mich über seine Beflissenheit und war überzeugt davon, daß wir von unseren neuen Bekannten [4] am Ende kühl entlassen werden würden und daß mir, nach der Erschütterung, die ich durch das Trauerspiel erfahren hatte, nichts anderes bevorstand, als mit einem enttäuschten und schlechtgelaunten Anton nach Hause zu gehen.

Es kam aber alles ganz anders, weil es, als wir angezogen vor die Tür traten, stark regnete, keine Taxis zu haben waren und wir uns in dem einzigen [5], das Anton mit viel Rennen und Winken schließlich auftreiben konnte, zu viert [6] zusammenzwängten, was Heiterkeit und Gelächter hervorrief und auch mich meinen Unmut vergessen ließ. Wohin [7] ? fragte Anton, und das Mädchen sagte mit seiner hellen süßen Stimme: Zu [8] uns.
Es nannte dem Chauffeur Straße und Hausnummer und lud uns, zu meinem großen Erstaunen, zu einer Tasse Tee ein. Ich heiße [9] Vivian, sagte sie, und mein Bruder heißt Laurie, und wir wollen uns mit den Vornamen nennen.

---

1. **die Geschwister :** *frère(s) et sœur(s).* Penser aux **Geschwister Scholl** (héros de la résistance allemande à Munich).
2. **(sich) überlassen (ä, ie, a) :** *(se) laisser, (s') abandonner, (se) livrer.* Ex. : **jemanden seinem Schicksal überlassen** : *abandonner qqun à son sort.* **Das überlasse ich Ihnen** : *je m'en remets à vous sur ce point.* **Sich selbst überlassen** : *abandonné à lui-même.*
3. **fremd,** der Fremde (der Fremdenführer, der Fremdenverkehr) : *l'étranger ;* à ne pas confondre avec **der Ausländer** : *l'étranger, mais d'une autre nationalité,* bien qu'ils soient parfois synonymes. Il est parfaitement possible que le **Fremder** *(étranger à l'endroit)* soit en même temps un **Ausländer** mais par contre qu'un **Ausländer**, qui revient toujours au même endroit (par ex. un Allemand sur la Côte d'Azur), n'y soit plus du tout un **Fremder**.
4. **bekannt. Ein Bekannter / Der Bekannte.** Ex. : **Er hat mich gestern mit seiner Schwester bekannt gemacht** : *hier il m'a fait faire la connaissance de sa sœur.*

Une fois le rideau tombé, il n'attendit pas la fin des applaudissements ni le retour des acteurs sur la scène mais se fraya un chemin jusqu'à eux, leur adressa la parole et de toute évidence les persuada de lui confier leurs jetons de vestiaire car avec une promptitude que je ne lui connaissais pas et d'un désagréable effet il fendit la foule des spectateurs qui attendaient et revint bientôt chargé de manteaux et de chapeaux. Je m'irritai de son empressement, persuadée qu'au bout du compte nos nouvelles connaissances allaient froidement nous planter là et qu'après l'émotion intense que m'avait procuré la tragédie, il ne me resterait plus qu'à rentrer à la maison avec un Antoine déçu et de mauvaise humeur.

Il en alla tout autrement pour la bonne raison que, lorsque, une fois habillés, nous arrivâmes devant la porte, il pleuvait fort, qu'il n'y avait aucun taxi disponible et que nous parvînmes à nous tasser à quatre dans l'unique voiture qu'Antoine, à force de courir et de gesticuler, avait fini par nous dénicher, ce qui eut pour effet de faire naître de la gaieté et des rires et de me faire oublier ma mauvaise humeur. Où allons-nous ? demanda Antoine et la jeune fille répondit de sa voix claire et douce : Chez nous.

Elle indiqua au chauffeur le nom et le numéro de la rue et, à mon grand étonnement, nous invita à prendre une tasse de thé. Je m'appelle Viviane, dit-elle, et mon frère Laurie, nous allons nous appeler par nos prénoms.

---

5. **einzig ; einziges Kind** : *enfant unique.* **Ein einziges Mal war ich in London** : *j'ai été à Londres une seule fois.*
6. **vier : die vier Jahreszeiten. Unter vier Augen** : *en tête à tête.*
7. **wohin** fait partie des trois grands interrogatifs invariables en **w** : **wo** (locatif). Ex. : **Wo wohnst du? :** *où habites-tu ?* ; **wohin** (directionnel). Ex. : **Wohin gehst du?** ou **wo gehst du hin? :** *où vas-tu?* ; **woher** (origine). Ex. : **Woher kommst du?** ou **wo kommst du her? :** *d'où viens-tu ?*
8. Attention à la traduction de *chez* en allemand. Domicile du sujet (chez nous, à la maison). **(Wo)** Ex. : **Den ganzen Tag sind wir zu Hause geblieben. (Wohin)** Ex. : **Nach dem Konzert sind wir sofort nach Hause gefahren.** Domicile d'un tiers **(Wo)** Ex. : **Ich habe bei meinem Bruder geschlafen. (Wohin)** Ex. : **Vorgestern sind wir zu meinem Schwager in Boston geflogen :** *allés en avion chez mon beau-frère à...*
9. **heißen (ie, ei) :** *s'appeler.* **Wie heißt du? :** *comment t'appelles-tu ? quel est ton nom ?* A ne pas confondre avec *appeler (de la voix) :* **rufen (ie, u)** et *appeler (donner un nom ou nommer) :* **nennen (a, a)**.

Ich sah das Mädchen von der Seite an und war überrascht, um wieviel lebhafter es geworden war, so als sei es vorher gelähmt gewesen und sei erst jetzt in unserer oder in Antons körperlicher Nähe imstande, seine Glieder zu rühren. Als wir ausstiegen [1], beeilte sich Anton, den Fahrer zu bezahlen, und ich stand da und sah mir die Häuser an, die aneinandergebaut und alle völlig gleich waren, schmal mit kleinen, tempelartigen Vorbauten und mit Vorgärten, in denen überall dieselben Pflanzen wuchsen, und ich dachte unwillkürlich, wie schwer es doch sein müsse, ein Haus hier wiederzuerkennen, und war fast froh, im Garten der Geschwister doch etwas Besonderes [2], nämlich eine sitzende steinerne Katze zu sehen. Währenddem hatte Laurie die Eingangstür geöffnet, und nun stiegen er und seine Schwester vor uns eine Treppe hinauf. Anton nahm die Gelegenheit wahr, um mir zuzuflüstern, ich kenne sie, ich kenne sie gewiß, wenn ich nur wüßte, woher. Oben verschwand Vivian gleich, um das Teewasser aufzusetzen, und Anton fragte ihren Bruder aus, ob sie beide [3] in letzter Zeit [4] im Ausland gewesen seien und wo. Laurie antwortete zögernd, beinahe gequält [5], ich konnte nicht unterscheiden [6], ob ihn die persönliche Frage abstieß oder ob er sich nicht erinnern konnte, fast schien es so, denn er strich sich ein paarmal über die Stirn und sah unglücklich aus [7].

Er ist nicht ganz richtig, dachte ich, alles ist nicht ganz richtig, ein sonderbares Haus, so still und dunkel und die Möbel von Staub bedeckt, so als seien die Räume seit langer Zeit unbewohnt [8].

---

1. **aus/steigen (ie, ie + sein)** : *descendre (de voiture, de train)* ≠ **ein/steigen** : *monter.* **Um/steigen** : *changer (de train).*
2. L'adjectif qui suit **etwas** et **nichts** est substantivé et prend une majuscule. Penser au roman de E.M. Remarque : **« Im Westen nichts Neues ». Etwas Interessantes, Schönes, Modernes.**
3. **beide** : *les deux, tous les deux*, se réfère à deux personnes ou objets déjà connus. Ex. : **Ich habe zwei Brüder. Beide leben in München. Das Leben beider Kinder. Beide Jugendlichen** : *les deux adolescents.*
4. **von Zeit zu Zeit** : *de temps en temps.* **Vor kurzer Zeit** : *il y a peu de temps.* **In kurzer Zeit** : *en peu de temps.* **Zu meiner Zeit** : *de mon temps.* **Zur gleichen Zeit** : *au même moment.*
5. **gequält** de **quälen (te, t)** : *tourmenter, torturer.* Cf. le proverbe **Wer die Wahl hat, hat die Qual** : *l'embarras du choix.*

Je regardai la jeune fille de côté et fus surprise de voir à quel point elle était devenue vivante comme si, auparavant, elle avait été paralysée et comme si c'était maintenant seulement qu'à notre contact ou au contact immédiat d'Antoine elle était capable de remuer ses membres. A notre descente de voiture, Antoine s'empressa de payer la course et moi je me prenais à regarder les maisons, collées les unes aux autres, toutes parfaitement identiques, étroites, avec un petit porche en forme de temple et des jardins où poussaient partout les mêmes fleurs et je ne pouvais m'empêcher de me dire qu'il devait être malaisé de distinguer une maison d'une autre et je fus presque heureuse d'apercevoir dans le jardin du frère et de la sœur quelque chose de particulier, la statue en pierre d'un chat assis. Dans l'intervalle, Laurie avait ouvert la porte d'entrée et lui et sa sœur nous précédèrent dans l'escalier. Antoine en profita pour me souffler à l'oreille, je les connais, je les connais sûrement, si seulement je savais (d'où — dans quelles circonstances — cela date). Arrivée en haut, Viviane disparut aussitôt pour mettre à chauffer l'eau du thé et Antoine demanda à son frère s'ils avaient été tous les deux récemment à l'étranger et où. Laurie répondit en hésitant et comme en proie à un tourment, sans que je puisse distinguer si cette question personnelle lui répugnait ou s'il n'était plus en mesure de se souvenir, c'est cette dernière impression qui prévalait car, à plusieurs reprises, il se passa la main sur le front et avait l'air très malheureux.

Il y a quelque chose en lui qui n'est pas normal, pensai-je, il n'y a rien ici qui soit tout à fait normal, c'est une étrange demeure, tellement silencieuse et sombre, avec des meubles couverts de poussière comme si les pièces étaient inhabitées depuis longtemps.

---

6. **unterscheiden (ie, ie) :** *distinguer, discerner, différencier* ; **der Unterschied(e). Im Unterschied zu** : *à la différence de*. **Der Unterschied fällt sofort ins Auge** : *saute immédiatement aux yeux*.
7. **aus/sehen (ie, a, e) :** *avoir l'air (de), sembler*. Ex. : **Er sieht jünger aus, als er ist** : *il paraît plus jeune qu'il est*. **Er sieht wie ein Künstler aus** : *il a l'air d'un artiste*. **Es sieht nach Regen aus :** *on dirait qu'il va pleuvoir*.
8. **unbewohnt :** *inhabité*. Le préfixe **un-** a la même valeur négative que les préfixes français *in-* (**unabhängig** : *indépendant*), *dé-* (**unmodisch** : *démodé*), *dis-* (**unähnlich** : *dissemblable*), *mal-* (**unglücklich** : *malheureux*), etc.

Sogar die Birnen der elektrischen Lampen waren ausgebrannt oder ausgeschraubt, man mußte Kerzen anzünden, von denen viele in hohen Silberleuchtern auf den alten Möbeln standen. Das sah nun freilich hübsch aus und verbreitete Gemütlichkeit [1]. Die Tassen, welche Vivian auf einem gläsernen [2] Tablett hereinbrachte, waren auch hübsch, zart und schön blau gemustert [3], ganze Traumlandschaften [4] waren auf dem Porzellan zu erkennen. Der Tee war stark und schmeckte [5] bitter, Zucker und Rahm gab es dazu nicht. Wovon sprecht ihr, fragte Vivian und sah Anton an, und mein Mann wiederholte seine Fragen mit beinahe unhöflicher Dringlichkeit. Ja, antwortete Vivian sofort, wir waren in Österreich, in – aber nun brachte auch sie den Namen des Ortes nicht heraus und starrte verwirrt auf den runden, von einer feinen Staubschicht bedeckten Tisch.

In diesem Augenblick zog Anton sein Zigarettenetui [6] heraus, ein flaches goldenes Etui, das er von seinem Vater geerbt [7] hatte und das er, entgegen der herrschenden Mode, Zigaretten in ihren Packungen anzubieten, noch immer benutzte. Er klappte es auf und bot uns allen an, und dann machte er es wieder zu und legte es auf den Tisch, woran ich mich am nächsten Morgen, als er es vermißte, noch gut erinnern [8] konnte.

Wir tranken also Tee und rauchten, und dann stand Vivian plötzlich auf und drehte das Radio an, und über allerhand grelle Klang- und Stimmfetzen glitt der Lautsprecherton in eine sanft klirrende Tanzmusik. Wir wollen tanzen, sagte Vivian und sah meinen Mann an, und Anton erhob sich sofort und legte den Arm um sie.

---

1. **die Gemütlichkeit :** *cordialité, agrément, confort, aises* ; **gemütlich** est de ces mots typiquement allemands qui pose des problèmes de traduction. Il exprime un goût prononcé pour les aises et le confort domestiques et une certaine douceur de vivre. Ex. : **Hier ist's gemütlich** : *on est bien ici*. **Sie hat ein gemütliches Heim** : *elle a un chez-soi agréable et accueillant.*
2. **gläsern :** *en verre* vient de **das Glas** : *verre* (matériau). Autres adjectifs dérivés en **n** : **golden** : *en or* ; **wollen** : *en laine* : **seiden** : *en soie* : **eisern** : *en fer* ; **silbern** : *en argent.*
3. **das Muster(-) :** (a) *échantillon, modèle (collection).* (b) *exemple (à imiter)* ; **der Musterschüler.** (c) *dessin, motif* (c'est le sens ici).
4. **Traumlandschaft :** *de rêve.* **Traumauto, Traumberuf, Traumfrau, Traumreise, Traumurlaub...**

Même les ampoules électriques ne fonctionnaient plus ou avaient été dévissées, il fallut allumer des bougies dont beaucoup se trouvaient sur de grands candélabres en argent placés sur des meubles anciens. Cela faisait, certes, un bel effet et rendait l'atmosphère très agréable. Les tasses que Viviane apporta sur un plateau en verre étaient jolies, elles aussi, fines et d'un beau décor bleu, on pouvait distinguer sur la porcelaine des paysages de rêve. Le thé était fort et amer, le sucre et le lait faisaient défaut. De quoi parlez-vous ? demanda Viviane en regardant Antoine, et mon mari répéta ses questions avec une insistance quasi discourtoise. C'est vrai, répondit Viviane immédiatement, nous étions en Autriche à..., mais elle non plus, elle ne parvint pas à prononcer le nom de l'endroit et, troublée, fixait la table ronde que recouvrait une mince couche de poussière.

Et, à cet instant, Antoine sortit son étui à cigarettes, un étui plat en or, qu'il avait hérité de son père et qu'il continuait à utiliser, à l'encontre de la mode qui voulait qu'on offrît des cigarettes dans leur paquet d'origine. Il l'ouvrit, nous en offrit à tous, le referma et le posa sur la table, ce dont je me souvins fort bien le lendemain matin lorsqu'il s'aperçut qu'il ne l'avait plus.

Nous bûmes donc du thé, en fumant. Puis Viviane se leva soudain et mit la radio en marche et on passa de bribes aigrillardes de sons et de voix à une douce musique de danse. Dansons, dit Viviane en regardant mon mari et Antoine se leva aussitôt et l'entoura de son bras.

---

5. **schmecken (te, t)** : *avoir tel ou tel goût.* **Schmeckt's dir? Nicht besonders** : *Tu aimes ça ? Pas particulièrement.*

6. **das Etui.** L'existence de trois genres en allemand crée bien des difficultés, surtout lorsqu'il s'agit de mots qui sont identiques ou ressemblent beaucoup aux mots français et dont il est pratiquement impossible de prévoir lequel des trois sera le leur. Ex. : **der Automat, der Dom** *(cathédrale)*, **der Etat** *(budget)*, **der Salon, die Bilanz, die Kamera, die Bank** *(banque)*, **das Atelier, das Format, das Café, das Sofa.**

7. **erben (te, t)** : *hériter.* **Der Erbe(n, n)/die Erbin** mais **das Erbe** : *héritage.* **Das kulturelle Erbe. Er hatte einen Bauernhof in Hessen von seinem Vater geerbt** : *il avait hérité de son père une ferme en Hesse.*

8. **sich erinnern (te, t, an + acc.)** : *se souvenir de, se rappeler qqch.* **Erinnerst du dich noch an unser erstes Treffen?** : *de notre première rencontre.* **Die Erinnerung(en) (an + acc.). Die Erinnerung an Pétain ist den Franzosen immer noch peinlich** (*désagréable*). **Daran erinnere ich mich nicht mehr** : *je ne m'en souviens plus du tout.*

Ihr Bruder machte keine Anstalten, mich zum Tanzen aufzufordern, so blieben wir am Tisch sitzen und hörten der Musik zu und betrachteten das Paar, das sich im Hintergrund [1] des großen Zimmers hin und her bewegte. So kühl sind die Engländerinnen also nicht, dachte ich und wußte schon, daß ich etwas anderes meinte, denn Kühle, eine holde, sanfte Kühle ging nach wie vor von dem fremden Mädchen aus [2]; zugleich aber auch eine seltsame Gier, da sich ihre kleinen Hände wie Saugnäpfe [3] einer Kletterpflanze [4], an den Schultern meines Mannes festhielten [5] und ihre Lippen sich lautlos bewegten, als formten sie Ausrufe der höchsten Bedrängnis und Not. Anton, der damals noch ein kräftiger junger Mann und ein guter Tänzer war, schien von dem ungewöhnlichen Verhalten seiner Partnerin nichts zu bemerken, er sah ruhig und liebevoll auf sie herunter und manchmal schaute er auf dieselbe Weise auch zu mir herüber, als [6] wolle er sagen, mach dir keine Gedanken, es geht vorüber, es ist nichts. Aber obwohl [7] Vivian so leicht und dünn mit ihm hinschwebte, schien dieser Tanz, der, wie es bei Radiomusik üblich [8] ist, kein Ende nahm und nur in Rhythmus und Melodie sich veränderte, ihn ungebührlich anzustrengen [9], seine Stirn war bald mit Schweißtropfen bedeckt, und wenn er einmal mit Vivian nahe bei mir vorüberkam, konnte ich seinen Atem fast wie ein Keuchen oder Stöhnen hören. Laurie, der ziemlich schläfrig an meiner Seite saß, fing plötzlich an, zu der Musik den Takt zu schlagen, wozu er geschickt bald seine Fingerknöchel, bald den Teelöffel verwendete,

---

1. **im Hintergrund** ≠ im Vordergrund. **Im Hintergrund bleiben** : *rester dans l'ombre.* **In den Hintergrund drängen** : *reléguer à l'arrière-plan.* Cf. **die Vorderfront** : *la façade* ≠ **die Hinterfront** : *la façade arrière.*

2. **aus/gehen (ging aus, ausgegangen + sein).** Ici, sens fig. : *procéder, émaner de.* Ne pas oublier non plus : **Man muss davon ausgehen** : *il faut partir du fait que.*

3. **saugen (o, o)** : *sucer.* **Bienen saugen den Honig aus den Blüten** : *les abeilles sucent le miel des fleurs.* **Die Saugflasche** : *biberon.* **Der Säugling** : *nourrisson.* **Das Säugetier** : *mammifère.*

4. **die Kletterpflanze(n)** de **klettern (te, t, + sein)** : *grimper.* **Warum ist er auf den Baum geklettert?** : *pourquoi est-il monté à l'arbre ?*

5. **fest/halten (ie, a) an** + dat. L'idée de fermeté est particulièrement renforcée par le préfixe. La danseuse s'accroche, ne lâche

Son frère ne manifesta pas l'intention de m'inviter à danser, nous restâmes assis à la table, écoutant la musique et regardant le couple qui se déplaçait au fond de la grande pièce. Ces Anglaises ne sont donc pas si froides, pensai-je — mais je savais bien qu'en réalité je voulais dire autre chose, car de la froideur, une noble et douce froideur émanait maintenant comme auparavant de cette jeune femme que nous ne connaissions pas, en même temps qu'un étrange sentiment d'avidité, ses petites mains s'accrochant aux épaules de mon mari, telles les ventouses d'une plante grimpante, et ses lèvres remuaient, sans proférer aucun son, comme si elles lançaient des appels du fond d'une extrême détresse. Antoine qui, à cette époque, était un jeune homme robuste et un bon danseur, semblait ne rien remarquer de l'attitude inhabituelle de sa partenaire, inclinant la tête et portant sur elle un regard paisible et affectueux et me regardant de temps à autre, de la même manière, comme pour me dire, ne te fais pas de souci, cela va passer, ce n'est rien. Néanmoins, bien que Viviane se déplaçât svelte et légère à ses côtés, cette danse qui, comme c'est l'habitude avec la musique de radio, se poursuivait sans fin, changeant seulement de rythme et de mélodie, parut le fatiguer de façon excessive, son front se couvrit bientôt de gouttes de sueur et lorsqu'à un moment il passa tout près de moi avec Viviane, je me rendis compte que son souffle ressemblait presque à un halètement ou à un gémissement. Laurie qui, assez somnolent, était assis à côté de moi, se mit soudain à battre la mesure utilisant adroitement tantôt les articulations de ses doigts tantôt la cuillère à thé,

---

pas sa prise. **Das Festhalten an der Pflicht** : *l'attachement au devoir.* **Halte dich am Gelände fest** : *tiens-toi bien à la rampe.*

6. **als wolle er sagen** = **als ob er.**

7. **obwohl, obgleich, obschon** introduisent des subordonnées concessives dont le verbe est, à la différence du français, toujours à l'indicatif. **Wir gehen spazieren, obwohl es regnet** : *bien qu'il pleuve.* On pourrait ici exprimer la même idée par un groupe prépositionnel : **trotz des Regens** (ou **dem Regen**).

8. ne pas confondre **üblich** : *usuel, d'usage, habituel* ; **es ist üblich, dass** ; et **übrig** : *restant, de reste.* **Ist noch etwas von dem Kuchen übrig?** : *reste-t-il encore du gâteau ?* **Ihr bleiben nur noch 50 DM. übrig** : *il ne lui reste plus que 50 marks.* **Übrigens** = **im übrigen** : *du reste.* **Es blieb mir nichts anderes übrig, als das Geschirr zu spülen** : *il ne me restait plus qu'à faire la vaisselle.*

9. **sich an/strengen (te, t)** : *s'efforcer de, se donner du mal* ; **anstrengend** : *fatigant, épuisant.* **Die Anstrengung. Eine geistige Anstrengung** : *un gros effort intellectuel.*

auch mit dem Zigarettenetui meines Mannes synkopisch auf den Tisch klopfte, was alles der Musik etwas atemlos Drängendes verlieh und mich in plötzliche Angst versetzte. Eine Falle [1], dachte ich, sie haben uns hier heraufgelockt, wir sollen ausgeraubt oder verschleppt werden, und gleich darauf [2], was für ein verrückter Gedanke, wer sind wir schon, unwichtige Fremde, Touristen, Theaterbesucher, die nichts bei sich haben als ein bißchen Geld, um notfalls nach der Vorstellung noch etwas essen zu gehen. Plötzlich wurde ich sehr schläfrig [3], ich gähnte ein paarmal verstohlen. War nicht der Tee, den wir getrunken hatten, außergewöhnlich bitter gewesen, und hatte Vivian die Tassen nicht schon eingeschenkt [4] hereingebracht, so daß sehr wohl in den unseren ein Schlafmittel hätte aufgelöst sein können und in denen der englischen Geschwister nicht? Fort, dachte ich, heim ins Hotel, und suchte den Blick meines Mannes wieder, der aber nicht zu mir hersah, sondern jetzt die Augen geschlossen hielt, während das zarte Gesicht seiner Tänzerin ihm auf die Schulter gesunken war.

Wo ist das Telefon? fragte ich unhöflich, ich möchte ein Taxi bestellen [5]. Laurie griff bereitwillig hinter sich, der Apparat stand auf einer Truhe, aber als Laurie den Hörer abnahm, war kein Summzeichen zu vernehmen [6]. Laurie zuckte nur bedauernd [7] mit den Achseln, aber Anton war jetzt aufmerksam geworden, er blieb stehen und löste seine Arme von dem Mädchen, das verwundert zu ihm aufschaute und beängstigend [8] schwankte, wie eine zarte Staude im Wind. Es ist spät, sagte mein Mann, ich fürchte, wir müssen jetzt gehen.

---

1. **die Falle(n)** de **fallen** : *tomber*. Au figuré : **jemandem eine Falle stellen** : *tendre un piège à qqun.*
2. **gleich darauf** : *peu après.* **Am Tage darauf** : *le lendemain.* **Ein Jahr darauf** : *un an après.*
3. **schläfrig sein** : *avoir envie de dormir*, de **der Schlaf / schlafen (ä, ie, a). Wie hast du geschlafen? gut** : *bien*, **schlecht** : *mal*, **ruhig** : *calmement*, **tief** : *profondément.* **In den Tag hineinschlafen** : *faire la grasse matinée.* **Früh / spät schlafen gehen** : *aller au lit tôt / tard.* **Die Schlafkrankheit** : *maladie du sommeil* ; **die Schlaflosigkeit** : *insomnie* ; **das Schlafmittel** : *somnifère* ; **der Schlafrock** : *robe de chambre* ; **der Schlafsack** : *sac de couchage.*
4. **ein/schenken (te, t)** : *verser à boire.* **Darf ich Ihnen noch einmal Kaffee einschenken?** : *puis-je vous verser à nouveau du café ?*

frappant sur la table en syncope avec l'étui à cigarettes de mon mari, tout cela conférant à la musique un caractère de poursuite effrénée et me remplissant d'une angoisse soudaine. C'est un piège, pensai-je, ils nous ont attirés ici, on va nous voler ou nous traîner ailleurs, et tout de suite après je me disais, quelle idée absurde, que sommes-nous si ce n'est des étrangers insignifiants, des touristes, des spectateurs qui vont au théâtre, qui n'ont rien sur eux qu'un tout petit peu d'argent pour, après le spectacle, pouvoir aller manger quelque chose. Et tout à coup je me sentis une grande envie de dormir et bâillai à plusieurs reprises à la dérobée. Le thé que nous avions bu n'était-il pas anormalement amer et Viviane n'avait-elle pas apporté les tasses déjà remplies, de telle sorte qu'un somnifère aurait fort bien pu se dissoudre dans nos tasses et pas dans les leurs ? Partons, pensai-je, vite, à l'hôtel, et je cherchai à nouveau le regard de mon mari, il avait les yeux clos et le délicat visage de sa danseuse pesait sur son épaule.

Où est le téléphone ? demandai-je sans égards, je voudrais commander un taxi. Laurie s'empressa de prendre le téléphone derrière lui, l'appareil était sur une commode, mais lorsqu'il eut décroché, on ne perçut pas de tonalité. Laurie s'excusa en soulevant seulement les épaules, mais cela avait attiré l'attention d'Antoine, il s'arrêta, détacha ses bras de la jeune fille qui, troublée, leva les yeux vers lui et chancela de façon inquiétante comme un arbuste frêle sous l'effet du vent. Il est tard, je le crains, dit mon mari, il faut que nous partions maintenant.

Au figuré : **jemandem reinen Wein einschenken** : *dire son fait à qqun.*
5. **bestellen (te, t)** : (a) *labourer, cultiver.* **Die Felder sind gut bestellt** : *les champs sont bien cultivés.* (b) *transmettre.* **Bestelle deinem Vater einen schönen Gruß von mir** : *donne mes amitiés à ton père.* (c) (ici) *faire venir, passer commande.* **Hast du schon Wein bestellt?** *As-tu déjà commandé du vin ?*
6. **vernehmen (i, a, o)** : (a) *percevoir, entendre, distinguer (à l'oreille).* **Ein leises Geräusch vernehmen** : *percevoir un petit bruit.* (b) *entendre, interroger (un accusé, un témoin).*
7. **bedauern (te, t)** : *regretter, déplorer.* **Er bedauerte sehr, daß wir nicht kommen konnten** : *il regretta beaucoup notre absence.*
8. **beängstigend** de **die Angst** : *peur, angoisse* (plus fort que **die Furcht** : *crainte*). **Vor jemandem etwas Angst haben** : *redouter qqch. de qqun.*

Die Geschwister machten zu meiner Überraschung keinerlei Einwände, nur noch ein paar freundliche und höfliche Worte [1] wurden gewechselt [2], Dank für den reizenden [3] Abend und so weiter, und dann brachte der schweigsame Laurie uns die Treppe hinunter zur Haustür, und Vivian blieb auf dem Absatz oben stehen, lehnte sich über das Geländer und stieß kleine, vogelleichte [4] Laute aus, die alles bedeuten konnten oder auch nichts.

Ein Taxistand war in der Nähe, aber Anton wollte ein Stück zu Fuß gehen, er war zuerst still und wie erschöpft und fing dann plötzlich lebhaft zu reden an. Gesehen habe er die Geschwister bestimmt schon irgendwo und vor nicht langer Zeit, wahrscheinlich in Kitzbühel im Frühjahr, das sei ja gewiß ein für Ausländer schwer zu behaltender [5] Name, kein Wunder [6], daß Vivian nicht auf ihn gekommen sei. Er habe jetzt sogar etwas ganz Bestimmtes im Sinn, vorhin beim Tanzen sei es ihm eingefallen [7], eine Bergstraße, ein Hinüber- und Herübersehen von Wagen zu Wagen, in dem einen habe er gesessen, allein, und in dem andern, einem roten Sportwagen, die Geschwister, das Mädchen am Steuer [8], und nach einer kurzen Stockung im Verkehr [9], einem minutenlangen Nebeneinanderfahren, habe es ihn überholt [10] und sei davongeschossen auf eine schon nicht mehr vernünftige Art. Ob sie nicht hübsch sei und etwas Besonderes, fragte Anton gleich darauf, und ich sagte, hübsch schon und etwas Besonderes schon,

---

1. **Worte :** cf. *supra* p. 15, note 4.
2. **wechseln (te, t) :** *changer*. **Die Kleider, die Wäsche wechseln :** *changer de vêtements, de linge*. **Mit jemandem Briefe wechseln :** *échanger du courrier*. **Er hat 100 DM. in Francs gewechselt :** *il a changé 100 marks en francs*.
3. **reizend** de **der Reiz(e) / reizen (te, t). Der Reiz der Neuheit :** *l'attrait de la nouveauté*. **Ein reizendes Dorf, Mädchen :** *un village charmant, une jeune fille ravissante*.
4. **vogelleicht :** la même concision se retrouve dans quantité de qualificatifs composés et dont en particulier la langue de la publicité est gourmande : **hauchdünn :** *vaporeux ;* **aprilfrisch :** *d'une fraîcheur d'avril*.
5. **behalten (ä, ie, a) :** *garder, conserver*. **Habt ihr das alte Fachwerkhaus eurer Eltern behalten?** *Avez-vous conservé la vieille maison à colombage de vos parents ?* **Eine Geheimnummer, einen Namen im Gedächtnis behalten :** *retenir un numéro de code, un*

Le frère et la sœur, j'en fus étonnée, ne firent pas d'objection, seuls quelques propos aimables et polis furent échangés, merci pour la charmante soirée, etc., puis Laurie, le silencieux, descendit et nous conduisit à la porte d'entrée, Viviane, elle, resta en haut sur le palier, se pencha sur la rampe, faisant entendre de petits bruits légers qui pouvaient tout dire ou rien du tout.

Il y avait une station de taxis à proximité mais Antoine voulut marcher un peu à pied, comme sous le coup de l'épuisement il resta d'abord silencieux puis se mit soudain à parler avec vivacité. Il les avait certainement déjà vus quelque part, le frère et la sœur, et il n'y avait pas longtemps, probablement à Kitzbühel au printemps, c'était là, certes, un nom difficile à retenir pour un étranger, rien d'étonnant si Viviane ne l'avait pas retenu. Il se souvenait maintenant de quelque chose de bien précis, cela lui était revenu à l'esprit en dansant, il revoyait une route de montagne, on se regardait d'une voiture à l'autre, lui dans l'une, tout seul, et dans l'autre, une voiture de sport rouge, le frère et la sœur, la jeune fille au volant, et après un léger ralentissement de la circulation où les voitures s'étaient trouvées pendant quelques minutes à la même hauteur, il les avait dépassés et il était parti en trombe à une vitesse folle. Est-ce qu'elle n'est pas jolie avec quelque chose de particulier, demanda Antoine, je répondis, jolie, oui, avec quelque chose de particulier,

---

nom. **Zum Glück hat er seine Stellung behalten** : *par bonheur il a conservé sa place.*

6. **kein Wunder :** *rien d'étonnant* (= **es ist nicht erstaunlich**) de **das Wunder(-)** : *miracle, prodige.*

7. **einfallen (ä, ie, a + sein)** ici **:** *venir à l'esprit, passer par la tête.* **Es ist ihm was Geniales eingefallen** : *il lui est venu qqch. de génial à l'esprit.* **Der Einfall** : *idée, inspiration subite.* **Ein merkwürdiger Einfall** : *une curieuse idée.*

8. **das Steuer(-) :** *le volant.* **Am Steuer sitzen** : *être au volant.* **Die Steuer(n)** : *l'impôt.* **Die Einkommensteuer** : *l'impôt sur le revenu ;* **die Mehrwertsteuer** : *la TVA ;* **der Steuerzahler** : *le contribuable ;* **der Steuerberater** : *le conseiller fiscal.*

9. **der Verkehr :** ici, *circulation, trafic.* **Die Verkehrsampel(n) :** *les feux ;* **der Verkehrsdelikt** : *l'infraction au code de la route ;* **das Verkehrsmittel** : *moyen de communication ;* **der Verkehrsunfall** : *accident de la circulation ;* **der Verkehrsstau** : *bouchon.*

10. **überholen (te, t) :** *dépasser.* **Ein Lastwagen hat mich äusserst frech überholt** : *un camion m'a dépassé avec un sans-gêne incroyable.* Ne pas confondre avec **ab/holen (te, t)** : *prendre, aller chercher.* **Ich holte sie am Flugplatz ab** : *je suis allé la chercher à l'aéroport.*

aber ein bißchen unheimlich, und ich erinnerte ihn an den modrigen Geruch in der Wohnung und an den Staub und das abgestellte Telefon. Anton hatte von dem allem nichts bemerkt und wollte auch jetzt nichts davon wissen, aber streitlustig waren wir beide nicht, sondern sehr müde, und darum hörten wir nach einer Weile [1] auf zu sprechen und fuhren ganz friedlich nach Hause ins Hotel und gingen zu Bett.

Für den nächsten Vormittag hatten wir uns die Tate-Galerie vorgenommen [2], wir besaßen auch schon einen Katalog [3] dieser berühmten Bildersammlung, und beim Frühstück [4] blätterten wir darin und überlegten [5] uns, welche Bilder wir anschauen wollten und welche nicht. Aber gleich nach dem Frühstück vermißte [6] mein Mann sein Zigarettenetui, und als ich ihm sagte, daß ich es auf dem Tisch bei den englischen Geschwistern zuletzt gesehen hätte, schlug er vor, daß wir es noch vor dem Besuch des Museums dort abholen sollten. Ich dachte gleich, er hat es absichtlich [7] liegenlassen, aber ich sagte nichts. Wir suchten die Straße auf dem Stadtplan, und dann fuhren wir mit einem Autobus bis zu einem Platz in der Nähe [8]. Es regnete nicht mehr, ein zartgoldener Frühherbstnebel [9] lag über den weiten Parkwiesen, und große Gebäude mit Säulen und Giebel tauchten auf und verschwanden wieder geheimnisvoll [10] im wehenden Dunst.

Anton war sehr guter Laune und ich auch. Ich hatte alle Beunruhigung des vergangenen Abends vergessen und war gespannt [11], wie sich unsere neuen Bekannten im Tageslicht ausnehmen und verhalten würden.

---

1. **die Weile(n) :** *moment, laps de temps (assez bref).* **Nach einer Weile schlief er ein :** *au bout d'un moment il s'endormit.* Proverbe : **Eile mit Weile :** *hâte-toi lentement.*
2. **sich vor/nehmen (i, a, o) :** *envisager, se promettre, avoir l'intention de faire qqch.* **Er hatte sich vorgenommen, mit dem Rauchen aufzuhören :** *il s'était promis d'arrêter de fumer.* **Ich habe mir zuviel vorgenommen :** *j'ai voulu faire trop de choses.*
3. **der Katalog :** cf. *supra* p. 21, note 6.
4. **beim Frühstück** = **bei dem,** de même **beim Abendessen :** *au dîner ;* **beim Aufstehen :** *en se levant.*
5. **sich überlegen (te, t) :** *réfléchir.* **Ich will mir die Sache noch einmal überlegen :** *je veux encore réfléchir à la chose.* **Überleg es dir gut! :** *Réfléchis bien !* **Sie hat sich anders überlegt :** *elle a changé d'avis.*

mais quelque chose d'un peu inquiétant aussi et je lui rappelai l'odeur de moisi dans l'appartement et la poussière et le téléphone coupé. Antoine n'avait rien remarqué de tout cela et ne voulait pas en entendre parler maintenant. Comme nous n'étions pas d'humeur querelleuse mais très fatigués, nous cessâmes bientôt de parler, rentrâmes paisiblement en voiture à l'hôtel et allâmes nous coucher.

Au programme du lendemain matin, nous avions prévu la Tate Galerie, nous avions déjà en main un catalogue de cette célèbre collection de peintures et au petit déjeuner nous le feuilletâmes pour décider quels tableaux nous voulions voir. Mais c'est alors, immédiatement après le petit déjeuner, que mon mari s'aperçut qu'il n'avait plus son étui à cigarettes et lorsque je lui dis que c'était sur la table, chez le frère et la sœur, que je l'avais vu pour la dernière fois, il proposa que nous allions le chercher avant de nous rendre au musée. Je pensai aussitôt, il l'a sûrement laissé exprès là-bas, mais ne dis rien. Nous cherchâmes la rue sur le plan et nous allâmes en autobus jusqu'à une place qui se trouvait à proximité. Il ne pleuvait plus, un léger brouillard doré de début d'automne recouvrait encore les immenses pelouses du parc, de grands immeubles avec des colonnes et des pignons apparaissaient et disparaissaient mystérieusement dans la brume en mouvement.

Antoine était de bonne humeur et moi également. J'avais oublié toute l'inquiétude du soir précédent et j'étais impatiente de voir comment nos nouvelles connaissances se présenteraient et se comporteraient en plein jour.

---

6. **vermissen (te, t) :** *remarquer, regretter l'absence de.* **Wir vermissen Sie sehr** : *vous nous manquez beaucoup.*
7. **absichtlich = mit Absicht :** *à dessein, volontairement* ≠ **unabsichtlich. Die Absicht(en)** : *intention, dessein, projet.* **Er hatte die Absicht, lange in Köln zu bleiben** : *il avait l'intention de rester longtemps à Cologne.*
8. **die Nähe ≠ die Ferne. Nah dem Fluß, dem Hafen** : *près de la rivière, du port.* **Der Nahe Osten** : *le Proche-Orient.* **Das Fernsehen** : *la télévision* ; **der Fernsehfilm, das Fernsehprogramm.**
9. **Frühherbstnebel / Nachsommerhimmel** : l'allemand joue ici à merveille avec ses mots composés pour exprimer ce qui nécessite en français presque une phrase entière.
10. **geheim :** *secret, occulte.* **Insgeheim** : *en secret.* **Das Geheimnis** : *secret, mystère.*
11. **gespannt :** *curieux de, impatient de savoir.* **Ich bin gespannt, was er darüber denkt** : *je suis curieux de savoir ce qu'il en pense.*

Ohne Mühe[1] fanden wir die Straße und auch das Haus und waren nur erstaunt, alle Läden heruntergelassen zu sehen, so als ob drinnen noch alles schliefe oder die Bewohner zu einer langen Reise aufgebrochen[2] seien. Da sich auf mein erstes schüchternes Klingeln hin nichts rührte, schellten[3] wir dringlicher, schließlich fast ungezogen lange und laut. Ein altmodischer Messingklopfer befand sich auch an der Tür, und auch diesen betätigten wir am Ende, ohne daß sich drinnen Schritte hören ließen oder Stimmen laut wurden. Schließlich gingen wir fort, aber nur ein paar Häuser weit die Straße hinunter, dann blieb Anton wieder stehen. Es sei nicht wegen des Etuis, sagte er, aber es könne den jungen Leuten etwas zugestoßen sein, eine Gasvergiftung zum Beispiel, Gaskamine habe man hier überall, und er habe auch einen im Wohnzimmer gesehen. An eine mögliche Abreise der Geschwister wollte er nicht glauben[4], auf jeden Fall müsse die Polizei gerufen werden, und er habe auch jetzt nicht die Ruhe, im Museum Bilder zu betrachten.

Inzwischen hatte sich der Nebel gesenkt, ein schöner, blauer Nachsommerhimmel stand über der wenig befahrenen Straße und über dem Haus Nr. 79, das, als wir nun zurückkehrten, noch ebenso still und tot dalag wie vorher.

Die Nachbarn, sagte ich, man muß die Nachbarn fragen[5], und schon öffnete sich ein Fenster im nächsten, zur Rechten[6] gelegenen Haus, und eine dicke Frau schüttelte ihren Besen über den hübschen Herbstastern des Vorgärtchens aus.

---

1. **die Mühe :** *la peine (que l'on se donne).* **Mühelos :** *sans peine.* **Ich gab mir viel Mühe :** *je me suis donné beaucoup de mal.* **Sich bemühen (te, t) :** *s'efforcer.* **Er bemühte sich, den Sinn des Telegramms zu verstehen :** *il s'efforça de comprendre le sens du télégramme.*

2. **auf/brechen (i, a, o, + sein)** ici : *s'en aller, se mettre en route.* **Die Gesellschaft bricht auf :** *les convives se séparent.* **Am Aufbrechen :** *sur le départ.* Sinon, **aufbrechen** (tr.) : **eine Tür aufbrechen :** *enfoncer ;* **einen Brief aufbrechen :** *décacheter ;* **das Eis aufbrechen :** *défoncer.*

3. **schellen (te, t) :** *sonner.* **Die Schelle(n) = die Klingel(n). Es hat geschellt = es hat geklingelt :** *on a sonné.* Distinguer : **man klappt an die Tür :** *on frappe,* et **man klingelt an der Tür :** *on sonne.*

4. **glauben (te, t) / hoffen (te, t) / lieben (te, t) :** la trilogie des vertus : **der Glaube (ns, n), die Hoffnung (en), die Liebe.**

(a) **glauben. Er hat es mir geglaubt :** *il m'a cru.* **Ich glaube das**

Nous trouvâmes sans peine la rue et la maison, fûmes seulement surpris de voir tous les volets baissés, comme si, à l'intérieur, tout le monde dormait encore ou comme si les habitants étaient partis pour un long voyage. Comme rien ne bougeait après mon premier coup de sonnette, nous recommençâmes avec plus d'insistance et finalement avec une intensité prolongée qui était de l'inconvenance. Un heurtoir en laiton, à la mode ancienne, se trouvait également à la porte, nous y eûmes recours en désespoir de cause mais sans que des pas ou des voix se fissent entendre. Au bout du compte, nous partîmes et, quelques maisons plus bas, Antoine s'arrêta. Ce n'est pas à cause de l'étui, dit-il, mais il pourrait être arrivé quelque chose aux jeunes gens, un empoisonnement au gaz, par exemple, tout le monde ici avait des cheminées au gaz et il en avait vu une dans la salle de séjour. Il ne voulait pas croire à un éventuel départ en voyage, de toute façon, il fallait alerter la police et il n'avait plus maintenant le calme nécessaire pour regarder les tableaux du musée.

Entre-temps, le brouillard s'était levé, un beau ciel bleu de fin d'été s'étendait au-dessus de la rue peu fréquentée et de la maison au numéro 79 qui, lorsque nous revînmes, était encore aussi silencieuse et déserte qu'auparavant.

Les voisins, dis-je, il faut questionner les voisins et une fenêtre venait de s'ouvrir à la maison de droite, où une grosse femme secouait son balai au-dessus des beaux asters d'automne du jardin devant la maison.

---

nicht : *je ne crois pas cela.* **Er glaubt an Gott, an sein Glück** : *en Dieu, en sa chance.* **Ich glaube, sie hat recht** : *elle a raison.*
(b) **hoffen. Ich hoffe auf eine günstigere Gelegenheit** : *j'espère une occasion plus favorable.* **Sie hatte darauf gehofft, uns schon voriges Jahr wiederzusehen** : *elle avait espéré que nous nous reverrions dès l'an passé.* **Hoffentlich** : *espérons, il faut espérer que.*
(c) **lieben. Liebe deinen Nächsten!** *Aime ton prochain.* **zuliebe** + dat. : *pour l'amour de.* **Ihr zuliebe hat er sich scheiden lassen** : *par amour pour elle, il a divorcé.* **Sich verlieben in** + acc. : **Sie hat sich in meinen Bruder verliebt** : *elle est tombée amoureuse de mon frère.*
5. **fragen (te, t)** : *demander, poser une question.* Tr. en allemand. **Er hat sie gefragt** : *il lui a demandé.* **Frag ihn doch!** : *demande lui donc !* Ou bien **jemandem eine Frage stellen** : *poser une question à.* **Das Fragezeichen** : *le point d'interrogation.*
6. **zur Rechten = rechts ≠ zur Linken = links. Rechts von mir** : *à ma droite ;* **rechts des Rheins, der Donau** : *à droite du Rhin, du Danube.* **Dritter Stock rechts** : *3e étage, à droite.* **Rechts abbiegen** : *tourner à droite.*

Wir riefen sie an und versuchten [1], uns ihr verständlich [2] zu machen. Einen Familiennamen wußten wir nicht, nur Vivian und Laurie, aber die Frau schien sofort zu wissen, wen wir meinten [3]. Sie zog ihren Besen zurück, legte ihre starke Brust in der geblümten Bluse auf die Fensterbank und sah uns erschrocken [4] an. Wir waren hier im Haus, sagte Anton, noch gestern abend, wir haben etwas liegengelassen, das möchten wir jetzt abholen, und die Frau machte plötzlich ein mißtrauisches Gesicht. Das sei unmöglich, sagte sie mit ihrer schrillen Stimme, nur sie habe den Schlüssel, das Haus stünde leer. Seit wann, fragte ich unwillkürlich und glaubte schon, daß wir uns doch in der Hausnummer geirrt [5] hätten, obwohl im Vorgarten, nun im hellen Sonnenlicht, die steinerne Katze lag.

Seit drei Monaten, sagte die Frau ganz entschieden [6], seit die jungen Herrschaften tot sind. Tot [7]? fragten wir und fingen an, durcheinander zu reden, lächerlich, wir waren gestern zusammen im Theater, wir haben bei ihnen Tee getrunken und Musik gemacht und getanzt.

Einen Augenblick, sagte die dicke Frau und schlug das Fenster zu, und ich dachte schon, sie würde jetzt telefonierren und uns fortbringen lassen, ins Irrenhaus oder auf die Polizei. Sie kam aber gleich darauf auf die Straße hinaus, mit neugierigem Gesicht, ein großes Schlüsselbund in der Hand. Ich bin nicht verrückt, sagte sie, ich weiß, was ich sage,

---

1. **versuchen (te, t)** : *essayer*, mais aussi *goûter, apprécier.* **Er versuchte es ihr zu erklären** : *il essaya de le lui expliquer.* **Sie hat alles versucht aber vergeblich** : *elle a tout essayé, en vain.* **Der Versuch(e)** : *essai, tentative.* **Das Versuchstier(e)** : *cobaye.* Ne pas confondre avec **die Versuchung(en)** : *la tentation.*

2. **verständlich** de **verstehen (a, a)** : *comprendre* ; **verständigen** : *informer de.* **Laut und verständlich** : *à haute et intelligible voix.* **Leichtverständlich** : *facile à comprendre.* **Sich verständlich machen** : *se faire comprendre.*

3. **meinen (te, t)** : *penser, avoir dans l'esprit.* **Wen meinen Sie?** : *de qui parlez-vous ?* **Was meint sie dazu?** : *quel est son avis ? Qu'en pense-t-elle ?* **Er meint es gut mit ihm** : *il lui veut du bien.* **Die Meinung(en)** : *opinion.* **Meiner Meinung nach** : *à mon avis.* **Die öffentliche Meinung** : *l'opinion publique.* **Er ist der Meinung, daß** : *il pense que.* **Die Meinungsumfrage** : *le sondage.*

Nous l'appelâmes et essayâmes de nous faire comprendre. Leur nom de famille, nous ne le connaissions pas, nous ne savions que Viviane et Laurie, mais la femme parut comprendre immédiatement de qui nous parlions. Elle rentra son balai, appuya sur le bord de la fenêtre un corsage à fleurs que garnissait une imposante poitrine et nous regarda avec effroi. Nous étions là, dit Antoine, hier soir encore, nous avons oublié quelque chose et nous désirons le récupérer et la femme prit soudain un air méfiant. C'est impossible, dit-elle d'une voix aiguë, elle seule avait la clé et la maison était vide. Depuis quand, demandai-je involontairement et je crus déjà que nous nous étions trompés de numéro, bien que dans le jardin, en plein soleil, il y eût le chat en pierre.

Depuis trois mois, dit la femme d'un ton sans réplique, depuis trois mois, ils sont morts, les jeunes gens. Morts ? lui demandâmes-nous et nous nous mîmes à parler à tort et à travers. C'est ridicule, nous étions hier soir avec eux au théâtre, nous avons bu du thé chez eux, écouté de la musique et dansé.

Un instant, dit la grosse femme, elle ferma la fenêtre et je m'imaginais déjà qu'elle allait de ce pas téléphoner et nous faire conduire dans un asile ou au poste de police. Mais elle descendit aussitôt dans la rue, curieuse, un gros trousseau de clés à la main. Je ne suis pas folle, dit-elle, je sais ce que je dis,

---

4. ne pas confondre : (a) **erschrecken (i, a, o) :** *avoir peur.* **Erschrick nicht!** : *n'aie pas peur ! ;* **erschrocken** : *effrayé, épouvanté* et (b) **erschrecken (te, t)** : *faire peur.* **Der Hund hat sie erschreckt** : *le chien lui a fait peur.*
5. **sich irren (te, t) :** *se tromper, faire erreur.* **Der Irrtum(¨er)** : *l'erreur.* **Wenn ich mich nicht irre (= täusche), so kennen wir uns schon** : *si je ne me trompe, nous nous connaissons déjà.* **Irrtümlich** : *par erreur.* **Irre/führen, irre/leiten** : *égarer, induire en erreur.* **Der Irre (n, n)** : *l'égaré, le fou.* **Das Irrenhaus** : *l'asile psychiatrique.*
6. **entschieden :** *décidé, résolu de ;* **entscheiden (ie, ie)** : *trancher, décider.* **Sie entschied sich für einen Farbfernseher** : *elle s'est décidée pour une télévision en couleurs.* **Es fällt ihm schwer, eine Entscheidung zu treffen** : *il lui en coûte de prendre une décision.*
7. **tot = gestorben** : *mort, décédé.* **Das Kind ist tot geboren** : *l'enfant est mort-né.* **Das Tote Meer** : *la Mer Morte.* **Der Tod** : *la mort.* Proverbe : **Gegen den Tod ist kein Kraut gewachsen** : *il n'y a pas de remède contre la mort.* **Todblaß** : *pâle comme la mort ;* **todkrank** : *moribond ;* **todmüde** : *éreinté.*

die jungen Herrschaften sind tot und begraben[1], sie waren mit dem Wagen im Ausland und haben sich dort den Hals gebrochen, irgendwo in den Bergen, mit ihrem blödsinnig schnellen Fahren.

In Kitzbühel, fragte mein Mann entsetzt, und die Frau sagte, so könne[2] der Ort geheißen haben, aber auch anders, diese ausländischen Namen könne niemand verstehen. Indessen ging sie uns schon voraus, die Stufen hinauf, und sperrte die Tür auf, wir sollten nur sehen, daß sie die Wahrheit[3] spreche und daß das Haus leer sei, von ihr aus könnten wir auch in die Zimmer gehen, aber Licht[4] könne sie nicht anmachen, sie habe die elektrischen Birnen für sich herausgeschraubt, der Herr Verwalter habe nichts dagegen gehabt. Wir gingen hinter der Frau her, es roch dumpf und muffig, und ich faßte auf der Treppe meinen Mann bei der Hand und sagte, es war einfach eine ganz andere Straße, oder wir haben alles nur geträumt, zwei Menschen können genau denselben Traum haben in derselben Nacht, so etwas[5] gibt es, und jetzt wollen wir gehen. Ja, sagte Anton ganz erleichtert, du hast recht, was haben wir hier zu suchen, und er blieb stehen und griff in die Tasche, um etwas Geld herauszuholen, das er der Nachbarsfrau für ihre Mühe geben wollte.

Die war aber schon oben ins Zimmer getreten, und wir mußten ihr nachlaufen und auch in das Zimmer hineingehen, obwohl wir dazu schon gar keine Lust[6] mehr hatten und ganz sicher waren, daß das Ganze eine Verwechslung oder eine Einbildung[7] war.

---

1. **begraben (ä, u, a)** de **graben (ä, u, a). Das Grab(¨er)** : *tombe.* **Das Heilige Grab** : *le Saint Sépulcre.* Ne pas confondre avec **der Graben (¨)** : *fossé.* **Das Begräbnis(sse)** : *les funérailles.* **Seine Hoffnungen begraben** : *abandonner ses espérances.* **Da liegt der Hasen begraben** : *voilà le hic.*

2. **könne, spreche, sei** : nous avons là un certain nombre d'exemples marquants du discours indirect qui se caractérise en allemand par l'emploi du subjonctif.
Günter sagte : "Ich kann nicht kommen".
Günter sagte, dass er nicht kommen könne.
" " , er könne nicht kommen.
" " , er sei gestern bei seiner Schwester gewesen.
" " , er werde nächste Woche nach Salzburg fliegen.

3. **die Wahrheit (en)** : *la vérité.* **Wahr** : *vrai.* **Was er sagt, ist wahr** : *ce qu'il dit est vrai.* **Eine wahre Geschichte** : *une histoire*

les jeunes gens sont morts et enterrés, ils étaient avec leur voiture à l'étranger et se sont cassé le cou, quelque part, en montagne, avec leur stupide façon de conduire vite.

A Kitzbühel, demanda mon mari épouvanté, et la femme dit, c'est comme cela que l'endroit doit s'appeler ou autrement, ces noms étrangers personne ne peut les comprendre. Ce disant, elle nous précéda, monta les marches, ouvrit la porte, nous devions seulement constater qu'elle disait bien la vérité, que la maison était vide, que cela lui était égal si nous pénétrions dans les pièces mais elle ne pouvait allumer l'électricité car elle avait dévissé les ampoules qu'elle avait prises pour elle, l'administrateur le lui avait permis. Nous suivîmes la femme, cela sentait le renfermé et le moisi, dans l'escalier je saisis la main de mon mari et lui dis qu'il s'agissait tout simplement d'une autre rue ou que nous avions rêvé le tout, deux personnes peuvent fort bien faire exactement le même rêve, la même nuit, il se passe des choses comme ça, il faut partir. C'est vrai, dit Antoine entièrement soulagé, tu as raison, qu'estce que nous avons à faire ici, il s'arrêta, chercha dans sa poche un peu d'argent qu'il voulait remettre à la voisine pour la peine qu'elle s'était donnée.

Mais, elle, elle était déjà en haut et entrée dans la pièce, nous dûmes la suivre et y pénétrer à notre tour, bien que nous n'en ayons plus envie du tout et que nous soyons absolument sûrs que tout cela n'était de notre part que méprise ou pure imagination.

---

vraie. **Das ist zu schön, um wahr zu sein** : *c'est trop beau pour être vrai.* **Die volle, ungeschminkte Wahrheit** : *toute la vérité sans fard.*

4. **das Licht (er). Das Licht andrehen ≠ ausdrehen** : *allumer ≠ éteindre.* Au figuré, **ans Licht bringen** : *dévoiler, révéler.* **Das Lichtjahr** : *l'année-lumière.*

5. **so etwas** : *une chose pareille.* **Wie kannst du so einen Tee trinken?** : *un thé comme ça.* **So ein Auto** : *une voiture pareille.*

6. **zu** + dat. **Lust haben** : *avoir envie de.* **Wenn Sie Lust dazu haben, gehen wir heute abend ins Restaurant** : *si vous en avez envie, allons ce soir au restaurant.* **Er hatte keine Lust zum Fernsehen** : *il n'avait pas envie de regarder la télévision.*

7. **die Einbildung** : *imagination, illusion.* **Sich ein/bilden (te, t)** : *s'imaginer (à tort).* **Ich bilde mir nicht ein, alles zu wissen** : *je ne m'imagine pas tout savoir.* **Eine eingebildete Person** : *une personne infatuée d'elle-même.*

Kommen Sie nur, sagte die Frau und fing an, einen Laden[1] heraufzuziehen, nicht völlig, nur ein Stückchen, nur so weit, daß man alle Möbel deutlich erkennen konnte, besonders einen runden Tisch mit Sesseln drum herum und mit einer feinen Staubschicht[2] auf der Platte, einen Tisch, auf dem nur ein einziger Gegenstand, der jetzt von einem Sonnenstrahl getroffen aufleuchtete, ein flaches, goldenes Zigarettenetui, lag.

---

1. **der Laden (̈)** : (a) *volet.* **Ein Haus mit grünen Läden.** (b) *magasin, boutique.* **Einen Laden eröffnen ≠ schliessen** : *ouvrir ≠ fermer un magasin.* **Das Ladenfenster** : *la devanture* ; **der Ladenpreis** : *le prix de revient.*
2. **die Schicht (en)** ici : *couche. **Die Muttererdeschicht ist dünn** : la couche de terre arable est mince.* Mais aussi (a) *classe (société).* **Die verschiedenen Schichten der Bevölkerung** : *les différentes classes de la population.* (b) *équipe (de travail).* **Die Frühschicht, Spätschicht, Nachtschicht. Der Betrieb arbeitet in 3 Schichten** : *l'entreprise travaille en trois équipes.*

Venez donc, dit la femme, et elle se mit à remonter le volet, pas entièrement, mais un peu seulement, juste assez pour qu'on puisse bien distinguer tous les meubles, et, en particulier, une table ronde avec des sièges tout autour et une fine couche de poussière à sa surface, une table sur laquelle brillait, touché par un rayon de soleil, un seul et unique objet, un étui à cigarettes plat, en or.

HERBERT MALECHA

Die Probe [1]

L'épreuve

Rien de plus curieux que ce texte qui reste, dans l'état actuel des recherches, le seul de son auteur.

Il obtint, en effet, le premier prix lors d'un concours de Kurzgeschichten (Nouvelles), et fut publié dans un recueil des années 50.

Par la concision de la langue, l'acuité de l'étude psychologique des caractères et du milieu, ainsi que par la conduite inexorable de l'action dramatique, il est un modèle du genre, à telle enseigne qu'à plusieurs reprises il a été reproduit dans des ouvrages à usage scolaire, commenté et recommandé pour l'enseignement de l'allemand en Allemagne.

Il est seulement dommage que l'auteur, dont on a perdu la trace, se soit arrêté là.

Redluff sah, das schrille Quietschen der Bremsen[2] noch in den Ohren, wie sich das Gesicht des Fahrers ärgerlich verzog. Mit zwei taumeligen Schritten war er wieder auf dem Gehweg[3]. "Hat es Ihnen was gemacht?" Er fühlte sich am Ellbogen angefaßt. Mit einer fast brüsken Bewegung machte er sich frei. "Nein, nein, schon gut. Danke", sagte er noch, beinah schon über die Schulter, als er merkte, daß ihm der Alte nachstarrte[4].

Eine Welle von Schwäche stieg von seinen Knien auf, wurde fast zur Übelkeit. Das hätte ihm gerade gefehlt, angefahren auf der Straße liegen, eine gaffende Menge und dann die Polizei. Er durfte jetzt nicht schwach werden, nur weiterlaufen, unauffällig weiterlaufen zwischen den vielen auf der hellen Straße. Langsam ließ das Klopfen im Halse nach[5]. Seit drei Monaten war er zum erstenmal wieder in der Stadt, zum erstenmal wieder unter so viel Menschen. Ewig konnte er in dem Loch sich ja nicht verkriechen, er mußte einmal wieder raus, wieder Kontakt aufnehmen mit dem Leben, überhaupt raus aus allem. Ein Schiff mußte sich finden lassen, möglichst noch, bevor es Winter wurde. Seine Hand fuhr leicht über die linke Brustseite seines Jacketts, er spürte den Paß[6], der in der Innentasche steckte; gute Arbeit war dieser Paß, er hatte auch nicht schlecht dafür bezahlt.

Die Autos auf der Straße waren zu einer langen Kette aufgefahren. Nur stockend schoben sie sich vorwärts. Menschen gingen an ihm vorbei, kamen ihm entgegen; er achtete darauf[7], daß sie ihm nicht streiften.

---

1. **die Probe(n) :** (a) *épreuve, essai.* **Auf die Probe stellen** : *mettre à l'épreuve.* **Die Feuerprobe** : *l'épreuve du feu.* (b) *preuve, témoignage.* (c) *échantillon, spécimen.* **Das Probestück** : *l'échantillon.* **Das Probierglas** : *l'éprouvette.* **Die Stichprobe** : *le sondage.* (d) *répétition (au théâtre).* **Die Proben für den "Faust" haben begonnen** : *les répétitions du "Faust" ont commencé.* **Probieren (te, t)** : *essayer, goûter* (**einen Anzug, eine Sosse**). **Probieren geht über Studieren** : *expérience passe science.*
2. **bremsen (te, t) :** *freiner.* **Das Bremslicht** : *feu de freinage* ; **der Bremsbelag** : *garniture de frein.*
3. **der Weg(e) :** *chemin, voie* ; mais aussi *moyen, carrière.* Mot qui entre dans quantité d'expressions fixées par l'usage. Ex. : **jemandem aus dem Wege gehen** : *éviter qqun.* **Jemandem im Wege stehen** : *faire obstacle à qqun.* **Auf friedlichem Weg** : *par des moyens pacifiques.*

Redluff avait encore le grincement strident des freins dans l'oreille lorsqu'il vit la grimace agacée du chauffeur. En deux pas mal assurés il fut à nouveau sur le trottoir. Avez-vous quelque chose ? Il sentit qu'on le saisissait au coude. D'un geste un peu brusque il se libéra. « Non, non, ça va, merci », dit-il presque par-dessus son épaule lorsqu'il vit que le vieil homme le suivait fixement du regard.

Une onde de faiblesse, partie des genoux, le gagnait et lui donna presque la nausée. Il ne lui eût plus manqué que ça : être renversé par une voiture, étendu sur la chaussée avec une foule de badauds et la police. Ce n'était pas le moment de se laisser aller, il fallait avancer à tout prix, avancer sans se faire remarquer au milieu d'une foule pareille, dans une rue bien éclairée. Peu à peu le battement des artères du cou s'apaisa. C'était la première fois depuis trois mois qu'il était à nouveau en ville, la première fois au milieu de tant de gens. Il ne pouvait pas vivre éternellement recroquevillé dans ce trou, il lui fallait sortir à nouveau, reprendre contact avec la vie, en finir avec le reste. On devait bien pouvoir trouver un bateau, si possible avant l'hiver. De la main il caressa le haut de sa veste, à gauche, il sentit le passeport dans sa poche intérieure ; du travail bien fait ce passeport, il ne l'avait pas non plus eu pour rien.

Les voitures s'étaient agglutinées en une longue file. Elles n'avançaient plus que par à-coups. Des gens passaient à côté de lui, venaient à sa rencontre. Il veillait à ce qu'ils ne le touchent pas.

---

4. **nach** traduit ici l'idée de *suivre*. Ex. : **Jemandem nach/laufen** : *en courant* ; **nach/fahren** : *en voiture* ; **nach/reiten** : *à cheval* ; **nach/sehen** : *des yeux*.

5. **nach/lassen (ä, ie, a) :** (a) *réduire, abaisser* : **eine Strafe** *(une peine)*, (b) *se calmer, se relâcher* ; **das Fieber** *(la fièvre)*, **der Sturm** *(la tempête)*, **der Schmerz** *(la souffrance)*, **die Spannung** *(la tension)*.

6. **der Paß (¨ße) :** (a) *col, défilé (de montagne)* (b) *passeport*. **Er hat seinen Paß verlängern lassen.**

7. **er achtete darauf, daß...** C'est un de ces petits mots qui sont faits pour, en particulier, annoncer la proposition qui suit. Ils sont formés d'une première syllabe : **da** (ou **dar** devant voyelle) et d'une préposition, différente selon le régime du verbe. Ex. : **Er erinnerte uns daran, daß wir bald nach Kanada fahren** (**an etwas erinnern** : *rappeler*). **Er freut sich darauf, seiner Tochter bald wiederzusehen** (**sich auf etwas freuen** : *se réjouir de*). **Er dankte seinen Wählern dafür, daß sie für ihn gestimmt hatten** (**für etwas danken** : *remercier de*). Penser à des structures françaises analogues : *remercier pour ce que..., penser à ce que..., cela dépend de ce que...*

Einem Platzregen [1] von Gesichtern war er ausgesetzt, fahle Ovale, die sich mit dem wechselnden Reklamelicht verfärbten [2]. Redluff strengte sich an, den Schritt [3] der vielen anzunehmen, mitzuschwimmen in dem Strom. Stimmen, abgerissene Gesprächsfetzen schlugen an sein Ohr, jemand lachte. Für eine Sekunde haftete [4] sein Blick an dem Gesicht einer Frau, ihr offener, bemalter Mund sah schwarzgerändert aus. Die Autos fuhren jetzt an, ihre Motoren summten auf. Eine Straßenbahn [5] schrammte vorbei. Und wieder Menschen, Menschen, ein Strom flutender [6] Gesichter, Sprechen und hundertfache [7] Schritte. Redluff fuhr unwillkürlich mit der Hand an seinen Kragen. An seinem Hals merkte er, daß seine Finger kalt und schweißig waren.

Wovor hab' ich denn eigentlich Angst, verdammte Einbildung, wer soll mich denn schon erkennen in dieser Menge, sagte er sich. Aber er spürte nur zu genau, daß er in ihr nicht eintauchen konnte, daß er wie ein Kork auf dem Wasser tanzte, abgestoßen und weitergetrieben. Ihn fror [8] plötzlich. Nichts wie verdammte Einbildung, sagte er sich wieder. Vor drei Monaten war das ja noch anders, da stand sein Name schwarz auf rotem Papier auf jeder Anschlagsäule zu lesen, Jens Redluff; nur gut, daß das Photo so schlecht war. Der Name stand damals fett in den Schlagzeilen der Blätter [9], wurde dann klein und kleiner, auch das Fragezeichen dahinter, rutschte in die letzten Spalten und verschwand bald ganz.

---

1. **der Platzregen.** Remarquer ici le langage fortement imagé qui traduit l'opposition entre les mois où il s'est tenu caché et cette énorme masse de visages auxquels il n'est plus habitué. Autres composés de **Regen** : **der Regenschauer** : *ondée* ; **der Regenschirm** : *parapluie* ; **der Regenmantel** : *imperméable* ; **der Regenbogen** : *arc-en-ciel.*

2. **sich verfärben (te, t)** : Cf. **sich verdunkeln** : *s'assombrir* ; **sich verändern** : *se modifier* ; **sich vermehren** : *se multiplier.*

3. **der Schritt(e)** : *pas, enjambée.* **Bei jedem Schritt** : *à chaque pas.* **Schrittfahren** : *rouler au pas.* Fig. : **Mit der Zeit Schritt halten** : *être à la page.*

4. **haften (te, t)** : *être attaché à, tenir à* (**an, auf**). Fig. *répondre de* (**für**). **Die Versicherung haftet nicht für diesen Schaden** : *ne couvre pas ce dommage.* **Die Haftpflicht** : *responsabilité civile.* **Mit beschränkter Haftung (mbH)** : *à responsabilité limitée.* Ne pas confondre avec **die Haft** : *détention, prison.* **Der Häftling** : *détenu.*

Il était en proie à une pluie de visages, des formes ovales et pâles qui changeaient de couleur à la lumière mouvante de la publicité. Redluff s'efforçait d'accorder son pas à celui de la multitude, de nager au rythme du courant. Des voix, des bribes arrachées à des conversations venaient frapper son oreille, quelqu'un riait. Une seconde, son regard se fixa sur le visage d'une femme ; on avait l'impression que sa bouche, ouverte et fardée, était bordée de noir. Les voitures démarraient, leurs moteurs ronflaient à nouveau. Un tramway le frôla avec un bruit de ferraille. Et de nouveau des gens, des gens, des flots de visages, des conversations, des pas par centaines. D'un geste machinal, il mit la main à son col. En touchant son cou, il sentit que ses doigts étaient froids et moites de sueur.

De quoi ai-je donc peur, imagination de malheur, qui peut donc bien me reconnaître dans cette foule, se dit-il. Mais il ne se rendait que trop bien compte qu'il lui était impossible de s'immerger en elle, il était là comme un bouchon qui danse à la surface de l'eau, rejeté, à la dérive. Il eut froid tout à coup. Rien d'autre que l'effet de cette maudite imagination, se dit-il à nouveau. Il y a trois mois, bien sûr, c'était tout différent, on pouvait lire son nom en lettres noires sur papier rouge à chaque colonne d'affichage : Jens Redluff ; une chance que la photo ait été si mauvaise. Son nom faisait alors, en caractères gras, la manchette des journaux, puis il avait rapetissé, le point d'interrogation aussi, il fut relégué dans les dernières colonnes et ne tarda pas à disparaître tout à fait.

---

5. **die Bahn(en).** Beaucoup de sens dans des contextes différents. Ex. **die Eisenbahn/die Bundesbahn** : *chemin de fer fédéral ;* **die Fahrbahn** : *chaussée ;* **die Rennbahn** : *piste ;* **die Laufbahn** : *carrière professionnelle.* **Einen Satelliten auf seine Bahn bringen** : *placer sur orbite.* **Freie Bahn haben** : *avoir le champ libre.*
6. **fluten (te, t** + sein**)** : *couler à flots.* Remarquer le grand nombre de comparaisons empruntées au domaine de l'eau. **Die Flut (en)** : *marée montante, torrent.* **Die Sintflut** : *déluge.*
7. **hundertfach.** Le sens primitif de **fach** est *compartiment, tiroir.* Comme suffixe, il indique combien de fois plus. Ex. **einfach, fünffach.** Le contraire : **das Hundertstel** : *le centième ;* **hundertweise** : *par centaines.* **Der Prozentsatz** : *pourcentage.*
8. **ihn fror :** impersonnel exprimant une sensation physique, mais on peut dire aussi plus communément : **er fror.**
9. **das Blatt (ër) :** *feuille (d'un arbre).* **Das Blätterwerk** : *le feuillage.* Fig. : *un journal.* Ex. **Das Hamburger Abendblatt. Der Blätterwald** : *la presse.* **Kein Blatt vor den Mund nehmen :** *ne pas mâcher ses mots.* **Das steht auf einem anderen Blatt :** *c'est une autre histoire.*

Redluff war jetzt in eine Seitenstraße abgebogen [1], der Menschenstrom wurde dünner, noch ein paar Abbiegungen, und die Rinnsale lösten sich auf, zerfielen in einzelne Gestalten, einzelne Schritte. Hier war es dunkler. Er konnte den Kragen öffnen und die Krawatte nachlassen. Der Wind brachte einen brackigen Lufthauch vom Hafen her. Ihn fröstelte.

Ein breites Lichtband fiel quer vor ihm über die Straße, jemand kam aus dem kleinen Lokal, mit ihm ein Dunst nach Bier, Qualm und Essen. Redluff ging hinein. Die kleine, als [2] Café aufgetakelte Kneipe war fast leer, ein paar Soldaten saßen herum, grelle Damen in ihrer Gesellschaft. Auf den kleinen Tischen standen Lämpchen [3] mit pathetisch roten Schirmen. Ein Musikautomat begann aus der Ecke zu hämmern. Hinter der Theke lehnte ein dicker Bursche mit bloßen Armen. Er schaute nur flüchtig auf [4].

"Konjak, doppelt", sagte Redluff zu dem Kellner. Er merkte, daß er seinen Hut noch in der Hand hielt und legte ihn auf den leeren Stuhl neben sich [5]. Er steckte [6] sich eine Zigarette an, die ersten tiefen Züge machten ihn leicht benommen. Schön warm war es hier, er streckte seine Füße lang aus. Die Musik hatte gewechselt. Über gezogen jaulenden Gittaretönen hörte er halblautes [7] Sprechen, ein spitzes Lachen vom Nachbartisch. Gut saß es sich hier.

---

1. **ab/biegen (o,o, + sein) :** *obliquer.* **Nach rechts/links abbiegen.**
2. **als :** sens particulier de **als** qui n'a rien de commun avec les autres bien plus fréquents (après un comparatif de supériorité, au début d'une subordonnée temporelle ou dans **als ob...**) **:** *en qualité de, à titre de, comme.* Ex. **Schon als Kind aß er nicht gern Spinat** (*épinard*).
3. **Lämpchen.** Pour former des diminutifs, l'allemand dispose de deux suffixes (**-chen** et **-lein**) dont l'emploi est fixé par l'usage. Ex. en **-chen : Mädchen, Städtchen, Brötchen, Bäumchen ;** en **-lein : Fräulein, Kirchlein, Vöglein, Bächlein, Kindlein.**
4. **auf/schauen (te, t).** Un des nombreux sens de **auf** qui exprime ici un mouvement de bas en haut. Ex. **auflesen :** *relever qqch. qui est par terre ;* **aufschürzen :** *retrousser ;* **sich aufschwingen :** *prendre son essor.*
5. **neben sich.** Pron. réfléchi, 3ᵉ pers. sing./plur. au dat. et à l'acc. Ex. :

Redluff venait d'obliquer dans une rue latérale, le flot humain se fit moins dense, et, après qu'il eut obliqué encore un certain nombre de fois, ce ne furent plus que de petits cours d'eau se réduisant pour finir à quelques silhouettes, à quelques pas. Il faisait également plus sombre. Il pouvait ouvrir son col et desserrer sa cravate. Le vent lui apportait le souffle fétide du port. Il frissonna.

Un large rai de lumière tomba devant lui sur le sol de la rue, quelqu'un sortait d'un petit cabaret, et avec lui un relent de bière, de fumée et de nourriture. Redluff y pénétra. Le bistrot, attifé en café, était presque vide, quelques soldats étaient assis ici et là, des femmes aux habits criards à côté d'eux. Sur les petites tables il y avait de petites lampes aux abat-jour d'un rouge vif. Dans un coin, le martèlement d'une boîte à musique se mit en route. Un type fort aux bras nus était appuyé derrière le bar. Par instants seulement, il levait les yeux à la dérobée.

« Du cognac, un double », dit Redluff au serveur. Il s'aperçut qu'il avait encore son chapeau à la main et il le posa sur la chaise vide à côté de lui. Il alluma une cigarette, et les premières bouffées le grisèrent un peu. Il faisait bien chaud, il étendit ses jambes de tout leur long. C'était maintenant une autre musique. Au milieu du glapissement traînant d'une guitare lui parvenaient une conversation à mi-voix, un rire aigu de la table voisine. Il faisait bon être assis ici.

Dat.	**Sie waschen *sich* die Hände** *Ils se lavent les mains*	renvoie au sujet
	Er gibt *ihnen* ein Glas Wein *Il leur donne un verre de vin*	renvoie à qqun d'autre que le sujet
Acc.	**Sie legte das Buch neben *sich*** (*à côté d'elle*)	renvoie au sujet
	Er legte das Buch neben *sie* (*à côté d'elle*)	ne renvoie pas au sujet

6. **an/stecken (te,t) :** *allumer, mettre le feu à.* Ex. **ein Haus.** Ne pas confondre avec un autre sens : *contaminer, infecter* ; **ansteckend** : *contagieux* ; Ex. **Aids** *(le sida)* **ist ansteckend).**
7. **halblaut :** *à mi-voix.* De même **halbstark** : *blouson noir* ; **halbdunkel** : *clair obscur.* **Zum halben Preis** : *à moitié prix* ; **auf halber Höhe** : *à mi-hauteur.* Invariable dans les expressions : **es ist halb 10** : *9 h 1/2,* **halb Berlin, Deutschland** : *la moitié de.* **Halbieren (te, t)** : *partager en deux.* **Die Hälfte** : *la moitié.* **Um die Hälfte teurer** : *moitié plus cher.* **In der zweiten Hälfte des Monats** : *dans la deuxième moitié du mois.*

Der Dicke hinter der Theke drehte jetzt seinen Kopf nach der Tür. Draußen fiel eine Wagentür schlagend zu. Gleich darauf kamen zwei Männer herein, klein und stockig der eine davon.

Er blieb in der Mitte stehen, der andere, im langen Ledermantel, steuerte auf den Nachbartisch zu. Keiner von beiden nahm seinen Hut ab. Redluff versuchte hinüberzuschielen, es durchfuhr ihn. Er sah, wie der Große sich über den Tisch beugte, kurz etwas Blinkendes in der Hand hielt. Die Musik hatte ausgesetzt [1]. "What's he want?" hörte er den Neger vom Nebentisch sagen. "What's he want?" Er sah seine wulstigen Lippen sich bewegen. Das Mädchen kramte [2] eine bunte Karte aus ihrer Handtasche. "What's he want?" sagte der Neger eigensinnig. Der Mann war schon zum nächsten Tisch gegangen. Redluff klammerte sich mit der einen Hand an die Tischkante. Er sah, wie die Fingernägel sich entfärbten [3]. Der rauchige Raum schien ganz leicht zu schwanken, ganz leicht. Ihm war [4], als müßte er auf dem sich neigenden Boden jetzt langsam samt Tisch und Stuhl auf die andere Seite rutschen. Der Große hatte seine Runde beendet und ging [5] auf den anderen zu, der immer noch mitten [6] im Raum stand, die Hände in den Manteltaschen. Redluff sah, wie er zu dem Großen etwas sagte. Er konnte es nicht verstehen. Dann kam er geradewegs auf ihn zu.

"Sie entschuldigen", sagte er, "Ihren Ausweis, bitte!" Redluff schaute erst gar nicht auf das runde Metall in seiner Hand. Er drückte seine Zigarette aus und war plötzlich völlig [7] ruhig.

---

1. **aus/setzen (te, t).** Entre autres sens : (a) (ici) *cesser, interrompre.* **Zahlungen aussetzen** : *suspendre des paiements.* (b) *abandonner.* **Anfang der Ferien werden viele Haustiere ausgesetzt** : *au début des vacances, beaucoup d'animaux domestiques sont abandonnés (par leurs maîtres).* (c) **sich —** : *s'exposer.* **Es ist gefährlich, seine Haut zu lange der Sonne auszusetzen.**
2. **kramen (te,t)** : fig. **im Gedächtnis kramen** : *fouiller dans sa mémoire.*
3. **sich entfärben (te, t + haben).** Préverbe non accentué avec, ici, l'idée d'opposition, de contraire. Ex. **entladen** : *décharger ;* **entfalten** : *déplier ;* **entfetten** : *dégraisser ;* **entspannen** : *détendre ;* **entweihen** : *profaner.*
4. **ihm war, als = als ob..**

Le gros, derrière le comptoir, tourna la tête vers la porte. Dehors une porte de voiture claqua. Tout de suite après, deux hommes entrèrent. L'un était petit et raide. Il s'arrêta au milieu, l'autre, en long manteau de cuir, se dirigea vers la table voisine. Aucun des deux n'enleva son chapeau. Redluff tenta de lorgner de l'autre côté, un frisson le parcourut. Il vit le grand se pencher au-dessus de la table avec dans la main quelque chose de brillant. La musique s'était arrêtée. « What's he want ? » entendit-il dire le nègre à la table d'à côté. « What's he want ? » Il vit remuer ses lèvres épaisses. La fille fouilla dans son sac et en sortit une fiche de couleur. « What's he want ? » s'entêtait à demander le nègre. L'homme avait déjà gagné la table suivante. D'une main Redluff s'agrippa au bord de la table. Il vit ses ongles se décolorer. Il eut l'impression que, très légèrement, la pièce enfumée chancelait, très légèrement. Il lui sembla que lui, la table et sa chaise allaient devoir glisser lentement sur le sol en pente pour se retrouver de l'autre côté de la pièce. Le grand avait fini sa ronde et se dirigea vers l'autre qui se tenait toujours au milieu de la pièce, les mains dans les poches de son manteau. Redluff le vit dire quelque chose au grand. Il ne put saisir quoi. Puis il vint tout droit vers lui.

« Excusez, dit-il, vos papiers, s'il vous plaît. » Redluff ne regarda même pas la plaque de métal ronde dans sa main. Il éteignit sa cigarette et fut soudain parfaitement calme.

---

5. **zu/gehen (ging zu, ist zugegangen).** Autres sens : (a) *se fermer.* **Das Fenster geht nicht zu** : *ne se ferme pas.* (b) *se passer, arriver* ; **Das geht nicht mit rechten Dingen zu** : *ce n'est pas normal.*
6. **mitten.** Ex. : **mitten im Winter, in der Nacht, auf der Straße** : *au milieu de l'hiver, de la nuit, de la rue.* **Die Mitte** : *le milieu.* **Mitte März** : *à la mi-mars* ; **mitte dreißig** : *à moitié de la trentaine.* **Die goldene Mitte** : *le juste milieu.*
7. **völlig** = **ganz. Du hast völlig recht** : *tu as parfaitement raison.*

Er wußte es selbst nicht, was ihn mit einmal so ruhig machte, aber seine Hand, die in die Innentasche [1] seines Jacketts fuhr, fühlte den Stoff nicht, den sie berührte, sie war wie von Holz.

Der Mann blätterte [2] langsam in dem Paß, hob ihn besser in das Licht. Redluff sah die Falten [3] auf der gerunzelten Stirn, eins, zwei, drei. Der Mann gab ihm den Paß zurück. "Danke, Herr Wolters", sagte er. Aus seiner unnatürlichen Ruhe heraus hörte Redluff sich selber sprechen. "Das hat man gern, so kontrolliert werden wie —", er zögerte etwas, "ein Verbrecher [4] !" Seine Stimme stand spröde im Raum. Er hatte doch gar nicht so laut gesprochen. "Man sieht manchmal jemand ähnlich [5], sagte der Mann, grinste, als hätte er einen feinen Witz [6] gemacht. "Feuer?" Er fingerte eine halbe Zigarre aus der Manteltasche. Redluff schob seine Hand mit dem brennenden Streichholz [7] längs der Tischkante ihm entgegen. Die beiden gingen.

Redluff lehnte sich in seinen Stuhl zurück. Die Spannung in ihm zerbröckelte, die eisige Ruhe schmolz. Er hätte jubeln können. Das war es, das war die Probe, und er hatte sie bestanden. Triumphierend setzte der Musikautomat wieder ein. "He, Sie vergessen Ihren Hut", sagte der Dicke hinter der Theke. Draußen atmete er tief, seine Schritte schwangen weit aus, am liebsten [8] hätte er gesungen.

Langsam kam er wieder in belebtere Straßen, die Lichter nahmen [9] zu, die Läden, die Leuchtzeichen an den Wänden. Aus einem Kino kam ein Knäuel Menschen, sie lachten und schwatzten, er mitten unter ihnen. Es tat ihm wohl [10], wenn sie ihn streiften.

---

1. **innen/außen.** De même **die Innen-/außenpolitik, der Außenhandel** ; mais **der Binnenhandel, der Binnenmarkt** : *le commerce intérieur,* **die Innen-/außenwelt** : *le monde.*
2. **blättern (te, t)** : *feuilleter.* **In alten Folianten blättern** (*dans de vieux in-folios*).
3. **die Falte (n)** : (a) *pli (papier, étoffe)* ; (b) *ride* **(im Gesicht). Der Faltenrock (¨e)** : *(jupe écossaise).* **Einfältig** : *simple (d'esprit), naïf, niais.* **Falten (te, t) : die Hände falten** : *joindre* ; **die Stirn falten** : *froncer les sourcils.* **Entfalten** : *déployer.*
4. **der Verbrecher** : *criminel, malfaiteur.* **Der Kriegsverbrecher** : *criminel de guerre.*
5. **ähnlich** : *semblable.* **Etwas Ähnliches** : *qqch. de ce genre.* **Das Bild ist ähnlich** : *la photo est ressemblante.* **Er sieht seinem**

Il ne savait pas lui-même ce qui tout à coup le rendit si calme mais sa main qu'on eût dit de bois ne sentait plus l'étoffe de sa poche intérieure. L'homme feuilleta son passeport en prenant son temps, le levant à la lumière pour mieux voir. Redluff vit son front se plisser de rides, un, deux, trois. L'homme lui rendit son passeport. « Merci, monsieur Wolters », dit-il. Avec un calme qui n'avait rien de naturel Redluff s'entendit lui dire : « Cela fait plaisir d'être contrôlé comme, il hésita un peu, un malfaiteur. » Sa voix cassante résonna dans la pièce. Il n'avait pourtant pas parlé bien fort. « On ressemble parfois à quelqu'un », dit l'homme, souriant comme s'il venait de faire une plaisanterie fine. « Du feu ? » Il sortit un demicigare d'une poche de son manteau. Redluff réussit à pousser sa main qui tenait une allumette enflammée le long du bord de la table et lui présenta du feu. Les deux hommes s'en allèrent.

Redluff s'adossa sur sa chaise. La tension s'effrita, son calme de glace fondit. Il aurait pu crier de joie. C'était cela, c'était l'épreuve, et il s'en était bien sorti. Triomphante, la boîte à musique se remit à jouer. « Hé, vous oubliez votre chapeau », dit le gros derrière le comptoir. Dehors, il respira à fond, fit de grands pas, mais par-dessus tout, il aurait voulu chanter.

Peu à peu il gagna des rues plus animées, il y eut davantage de lumière, davantage de magasins et d'enseignes lumineuses aux murs. Une foule de gens sortirent d'un cinéma, ils riaient et bavardaient avec lui au beau milieu d'eux. Il se sentait bien, lorsqu'ils le touchaient.

Vater ähnlich : *il ressemble à son père*. **Das sieht ihr ähnlich** : *ça, c'est bien d'elle*. **Die Ähnlichkeit.**

6. **der Witz (e) :** *plaisanterie, mot d'esprit*. **Witze machen** ou **reissen** : *faire des mots d'esprit* ou *en raconter*. **Ein politischer Witz. Mach keine Witze** : *ne raconte pas d'histoires, sois sérieux !*

7. **das Streichholz (¨er)** de **streichen (i, i)** : (a) *frotter, passer sur*. **Der Streichbogen** : *archet* ; **das Streichquartett** : *quatuor à cordes* ; **der Streichstein** : *pierre à aiguiser*. (b) *étendre, enduire*. **Butter aufs Brot streichen.** (c) *effacer, rayer*. **Nichtzutreffendes bitte streichen** : *rayer les mentions inutiles*.

8. **am liebsten :** superlatif irrégulier de **gern.** De même : **nah - am nächsten, hoch - am höchsten.**

9. **zu/nehmen (i, a, o) :** *augmenter, croître*. **Ende Januar nehmen die Tage schon zu** : *fin janvier les jours commencent déjà à augmenter*.

10. **wohl :** un des différents moyens de traduire en allemand le *bien* français. Ex. **Sie fühlte sich wohl :** *elle se sentait bien*. **Ich erinnere mich wohl daran** : *je m'en souviens bien*. **Wo mag er wohl sein ?** : *où peut-il bien être ?*

"Hans", hörte er eine Frauenstimme hinter sich, jemand faßte seinen Arm. "Tut mir leid", sagte er und lächelte in das enttäuschte Gesicht. Verdammt [1] hübsch, sagte er zu sich. Im Weitergehen [2] nestelte er an seiner Krawatte. Dunkelglänzende Wagen sangen über den blanken Asphalt, Kaskaden wechselnden Lichts ergossen sich von den Fassaden, Zeitungsverkäufer riefen die Abendausgaben aus [3]. Hinter einer großen, leicht beschlagenen Spiegelglasscheibe sah er undeutlich tanzende Paare; pulsierend drang die Musik abgedämpft bis auf die Straße. Ihm war wie nach Sekt. Ewig hätte er so gehen können, so wie jetzt. Er gehörte wieder dazu, er hatte den Schritt der vielen, es machte ihm keine Mühe mehr. Im Sog der Menge ging er über den großen Platz auf die große Halle zu mit ihren Ketten von Glühlampen und riesigen Transparenten. Um die Kassen vor dem Einlaß drängten sich Menschen. Von irgendwoher flutete Lautsprechermusik. Stand dort nicht das Mädchen von vorhin? Redluff stellte sich hinter [4] sie in die Reihe. Sie wandte den Kopf, er spürte einen Hauch von Parfüm [5]. Dicht hinter ihr zwängte er sich durch den Einlaß [6]. Immer noch flutete die Musik, er hörte ein Gewirr von Hunderten von Stimmen. Ein paar Polizisten suchten etwas Ordnung [7] in das Gedränge [8] zu bringen. Ein Mann in einer Art von Portiersuniform nahm ihm seine Einlaßkarte ab. "Der, der!" rief er auf einmal und deutete aufgeregt hinter ihm her.

---

1. **verdammen (te, t) :** *maudire.* **Gott verdammt !** (juron) : *que le diable m'emporte.* **Die Verdammten :** *les damnés.* Ici **verdammt** est employé comme un adv. de renforcement, le tout équivalant à un superlatif expressif : *drôlement, diablement, salement belle.*
2. **im Weitergehen :** en allemand comme en français (le boire et le manger) mais de façon beaucoup plus fréquente, un inf. peut être employé comme un nom. Ex. **Falsches Sitzen schadet der Wirbelsäule** : *être mal assis est préjudiciable à la colonne vertébrale.* **Die Freude des Wiedersehens** : *la joie de se revoir.* **Das Betreten der Baustelle ist verboten** : *il est interdit de pénétrer sur le chantier.*
3. **aus/rufen (ie, u) :** *crier, proclamer.* Ex. **die Republik ausrufen** : *proclamer la République.* **Das Ausrufungszeichen** : *le point d'exclamation.* A ne pas confondre avec un verbe voisin qui, la plupart du temps, signifie téléphoner. **anrufen.** Ex. **Ruf mich bitte morgen früh an !** : *téléphone-moi demain matin !* **Der automatische Anrufbeantworter** : *le répondeur automatique.*

« Jean », il entendit derrière lui une voix de femme, on lui saisissait le bras. « Je regrette », dit-il en souriant au visage déçu. Diablement belle, se dit-il. En poursuivant son chemin, il remit de l'ordre à sa cravate. Des voitures sombres chantaient sur l'asphalte brillant, des cascades de lumière changeante se déversaient des façades, des marchands de journaux criaient les éditions du soir. Derrière une grande baie vitrée, légèrement embuée, il apercevait, peu distincts, des couples qui dansaient ; le rythme de la musique parvenait un peu assourdi jusqu'à la rue. Il avait l'impression d'avoir bu du champagne. Il aurait pu marcher ainsi sans fin, comme maintenant. Il était à nouveau à sa place ici, il avait le même pas que la multitude, un pas qui ne lui coûtait plus. Dans le sillage de la foule il traversa la grande place et se dirigea vers la grande halle avec ses guirlandes d'ampoules électriques et ses immenses banderoles. Les gens se pressaient autour des caisses. Quelque part les haut-parleurs déversaient leur musique. N'était-ce pas la fille de tout à l'heure ? Redluff prit place derrière elle dans la file. Elle tourna la tête, il sentit un souffle parfumé. Il resta sur ses talons et se fraya un passage. Toujours des flots de musique, il entendait un brouhaha de centaines de voix. Quelques policiers cherchaient à mettre un peu d'ordre dans cette cohue. Un homme, dans une sorte d'uniforme de portier, lui prit son billet d'entrée : « C'est lui, c'est lui ! » se mit-il à crier tout agité en le désignant de la main.

---

4. **hinter sie/ihr :** toujours l'inévitable duo, très bien représenté ici à une ligne de distance, **wo - wohin**. Ex. **er stellte sich hinter *sie*** (mouvement). **Er stand hinter *ihr*** (état).
5. **das Parfüm.** Fait partie de ces mots avec le même sens qu'en français mais dont le genre est imprévisible en allemand. Ex. :

der Profit,	**die Gotik,**	**das Budget,**
der Rapport,	**die Kontrolle,**	**das Drama.**

6. **der Einlaß :** *admission, entrée.* **Die Einlaßkarte = die Eintrittskarte.**
7. **die Ordnung. Die Ordner in Ordnung bringen :** *mettre les classeurs en ordre.* **Der Ordnungssinn :** *le sens de l'ordre.* **Die Tagesordnung :** *l'ordre du jour.* Fig. **Das Mädchen ist in Ordnung :** *c'est une fille bien.*
8. **das Gedränge :** *foule, cohue.* **Im Gedränge ist mir mein Schirm abhanden gekommen :** *j'ai perdu mon parapluie dans la cohue.* Fig. **ins Gedränge kommen :** *être coincé, dans l'embarras.*

Gesichter wandten sich, jemand im schwarzen Anzug kam auf ihn zu, ein blitzendes Ding in der Hand. Gleißendes Scheinwerferlicht übergoß ihn. Jemand drückte ihm einen Riesenblumenstrauß in die Hände. Zwei strahlend[1] lächelnde Mädchen hakten ihn rechts und links unter, Fotoblitze zuckten. Und zu allem dröhnte eine geölte Stimme, die vor[2] innerer Freudigkeit fast zu bersten schien : "Ich darf Ihnen im Namen der Direktion von ganzem Herzen gratulieren[3], Sie sind der hunderttausendste Besucher der Ausstellung!" Redluff stand wie betäubt. "Und jetzt sagen Sie uns Ihren werten Namen", schmalzte[4] die Stimme unwiderstehlich weiter. "Redluff, Jens Redluff", sagte er, noch ehe er wußte, was er sagte, und schon hatten es die Lautsprecher dröhnend bis in den letzten Winkel[5] der riesigen Halle getragen.

Der Kordon der Polizisten, der eben noch die applaudierende Menge zurückgehalten hatte, löste sich langsam auf. Sie kamen auf ihn zu.

---

1. **der Strahl (en) :** *le rayon.* **Der Sonnenstrahl. Die Röntgenstrahlen** : *les rayons X.* **Ein Hoffnungsstrahl** : *un rayon d'espoir.* **Die Strahlenbehandlung** : *radiothérapie.*
2. **vor** exprime ici la cause. Ex. **vor Hunger, Kälte sterben** : *mourir de faim, de froid.* **Vor Freude in die Hände klatschen** : *battre des mains de joie.*
3. **gratulieren (te, t). Gratuliere ihm doch zum bestandenen Abitur !** : *félicite-le pour son succès au bac !* Ont un régime également au dat., entre autres : **begegnen** (+ **sein**), **danken, folgen** (+ **sein**), **helfen, nachlaufen, vertrauen, zustimmen.**
4. **der Schmalz :** *saindoux.* **Schmalzen (te, t)** : *graisser.* Fig. : *dire d'une voix de guimauve.*
5. **der Winkel (-) :** (a) (math.) *angle.* **Rechter** *(droit),* **spitzer** *(aigu),* **stumpfer** *(obtus)* **Winkel.** (b) *coin, recoin.* Ex. **Alle Winkel und Ecken** : *tous les coins et recoins.*

Des visages se retournèrent, quelqu'un en costume noir vint à lui, un objet brillant à la main. Les projecteurs l'inondèrent de lumière. Quelqu'un lui mit un énorme bouquet de fleurs dans les mains. Deux jeunes filles, au sourire radieux, le prirent par le bras, chacune de leur côté, les flash crépitaient. Et pour compléter le tout, une voix suave qui semblait débordante de joie intérieure retentit : « Qu'il me soit permis de vous féliciter de tout cœur au nom de la Direction, vous êtes le 100 000e visiteur de l'exposition. » Redluff se tenait là, abasourdi. « Et maintenant dites-nous votre nom » poursuivit l'irrésistible voix de guimauve. « Redluff, Jens Redluff », dit-il et, avant de savoir ce qu'il disait, les haut-parleurs l'avaient déjà répercuté jusqu'au dernier recoin de la gigantesque salle.

Le cordon de policiers qui, jusque-là, avait contenu la foule qui applaudissait se rompit peu à peu. Ils se dirigèrent vers lui.

AURELIA BUNDSCHUH

Die Uhr

La montre

Il ne faut pas mesurer la qualité des textes d'Aurelia Bundschuh à l'abondance et à la notoriété de son œuvre : elle n'a écrit que deux livres. Le premier *21 Liebesgeschichten. Von der Liebe zum Leben*, auquel est emprunté *Die Uhr*, a déjà été traduit dans plusieurs langues européennes. Le second s'intitule : *Strömungen. Lieben, lachen, weinen*.

Une chose est manifeste : cette œuvre, aussi réduite soit-elle, témoigne d'un amour intense de la vie. Ces chants d'amour, même lorsque la mort les hante, sont des chants de vie. La beauté de la langue, la clarté de la pensée et l'intensité du sentiment en font un régal pour l'esprit et le cœur.

Mère de deux filles, elle dirige à Genève avec son mari une maison d'édition, Ariston, qui ne lui laisse plus le loisir de poursuivre sa tâche d'écrivain.

Schon von weitem sah er sie in der Sonne blitzen. Sie war also noch da. Der Trödler rieb [1] seine Hände gegeneinander und schlug sie dann mit weitausholenden Armbewegungen gegen die Schultern.

"Sie haben mir gerade noch gefehlt ! [2]" empfing er ihn. "In dieser Kälte kauft kein Mensch eine Uhr. Wollen Sie sie vielleicht zurückkaufen ?"

Ulrich zuckte zusammen. Wie kam der Händler, der doch von seinem Vater keine Ahnung hatte, auf die Idee, er wolle die Uhr zurückkaufen [3] ?

Ein Mann schob sich an den Stand heran. Sein Blick glitt über das auf dem Tisch ausgebreitete Angebot des Altwarenhändlers und blieb auf der Taschenuhr haften. Er musterte sie und erkundigte [4] sich nach dem Preis.

"Sie stammt von einem Flüchtling [5], von einem russischen Fürsten."

"Ich wollte wissen, was sie kostet."

Als der Händler den Preis nannte, sagte der Mann achselzuckend : "Ihr seid teuer geworden, auch auf dem Flohmarkt kann man nichts mehr kaufen !" und ging weiter zum nächsten Stand.

"Da sehen Sie selbst, daß ich Ihnen zu viel bezahlt habe."

"Zu wenig — für Ihren erlogenen [6] russischen Fürsten !" gab Ulrich zurück und ließ den Händler stehen.

Vielleicht war es nicht richtig, die Uhr verkauft zu haben, dachte er.

---

1. **reiben (ie, ie) :** *frotter, râper.* **Als er seinen Erfolg beim Abitur erfuhr, rieb er sich die Hände vor Freude** : *lorsqu'il apprit son succès au baccalauréat, il se frotta les mains de joie.* **Reibungslos** : *sans accroc.*

2. **fehlen (te, t) :** (a) *faire défaut.* **Da fehlt etwas** : *là, il manque qqch.* **Es fehlt ihm an Ausdauer** : *il manque de ténacité.* Bien distinguer : **es fehlt uns an Geld** : *nous manquons d'argent* — et **es fehlt uns Geld** : *il nous manque de l'argent (on nous en a pris...).* (b) **was fehlt Ihnen ?** : *qu'est-ce qui ne va pas ?* **Der Fehler** (-) : *faute, erreur* ; **fehlerfrei** : *correct, parfait.*

3. **zurück** exprime *recul, retour en arrière, retour au point de départ.* Ex. **zurückkehren/fahren** : *rentrer* , **zurückschicken** : *renvoyer (à l'expéditeur).* **Die Fahrt hin und zurück kostet 120 DM.** - **Zurück zur Natur** (Rousseau). Ne pas confondre avec **wieder** qui exprime la répétition, *encore une fois, une fois de plus.* La difficulté tient en français à ce que l'un et l'autre se rendent souvent par le préfixe *re* (revenir, relire...). **Auf Wiedersehen ! Er hat wie-**

De loin déjà il la voyait briller au soleil. Elle était donc toujours là. Le brocanteur se frottait les mains l'une contre l'autre et d'un très large mouvement des bras il les frappait contre ses épaules.

— Il ne me manquait plus que vous ! s'écria-t-il en guise d'accueil. Par un froid pareil personne n'achète de montre. Vous voulez peut-être la racheter ?

Ulrich frissonna. Comment le marchand pouvait-il bien s'imaginer — lui qui ne savait rien de son père — qu'il voulût reprendre la montre ?

Un homme s'approcha du stand. Son regard parcourut l'étalage du marchand d'antiquités et se fixa sur la montre. Il l'examina et s'enquit du prix.

— Elle me vient d'un émigré, d'un prince russe.

— Je voulais savoir son prix.

Quand le marchand l'eut indiqué, l'homme haussa les épaules :

— Vous êtes devenus chers, même sur le marché aux puces on ne peut plus rien acheter ! et il s'éloigna jusqu'au prochain stand.

— Vous voyez bien vous-même que je vous ai donné trop d'argent.

— Trop peu, vous voulez dire, pour votre histoire de prince russe inventée de toute pièce, répliqua Ulrich en le plantant là.

Peut-être n'était-ce pas bien, pensa-t-il, d'avoir vendu cette montre.

---

der Fieber : la fièvre l'a repris. Penser à **der Wiederaufbau** : *reconstruction* ; **die Wiederaufrüstung** : *réarmement* ; **die Wiedervereinigung** : *réunification* ; **die Wiederwahl** : *réélection*.

4. **sich erkundigen (te, t) nach** + dat. : *se renseigner, s'informer*. Il y a quantité de verbes allemands, figurant parmi les plus fréquents, dont la rection est imprévisible et que le mieux est d'apprendre par cœur. Par ex. toujours avec **nach** : **nach jemandem fragen** : *s'informer de qqun* ; **nach etwas riechen** : *sentir qqch.* ; **sich nach etwas sehnen** : *avoir la nostalgie de qqch*.

5. **der Flüchtling (e)** : *fugitif, fuyard, réfugié* ; de **fliehen (o, o, sein ou haben). Die Flucht ergreifen** : *prendre la fuite* ; **auf der Flucht** : *en fuite*. A distinguer de **der Heimatvertriebene** : *le réfugié* (non plus celui qui part volontairement mais celui qui est forcé de quitter sa patrie). C'est le terme historique désignant les quelque 12 millions d'Allemands qui furent chassés, après 1945, en particulier de Silésie, de Poméranie, de Prusse Orientale.

6. **erlogen** : *faux, inventé*, de **lügen (o, o)** : *mentir*. **Er lügt wie gedruckt** : *il ment comme un arracheur de dents*. **Ich müßte lügen, wenn ich das Gegenteil sagte** : *je mentirais, si je disais le contraire*.

Was wäre [1], wenn dieser Vater eines Tages doch noch auftauchte ? Was, wenn er so wäre, wie ich ihn mir, als ich noch ein Junge war, vorgestellt habe ? Ja, Mutter, es ist nicht einfach, den einen, einzigen Vater zu vergessen — zu tun, als ob es ihn nie gegeben [2] hätte. Aber ich weiß ja, auch für dich ist es nicht leicht gewesen.

In Gedanken [3] versunken lief er der verrückten blauhaarigen Alten in die Arme. Ulrich kannte sie schon. Sie hatte ihm, als er für seine Uhr einen Interessenten gesucht hatte, um jeden Preis eine tibetanische Gebetsmühle verkaufen wollen.

"Gut, daß Sie kommen", krächzte sie heiser und warf ihre Zigarre weg. Sie fuchtelte mit den Händen in der Luft [4] herum, daß er die schweren goldenen Ketten an ihren Armgelenken klirren hörte. "Sehen Sie, junges Herrchen", raspelte sie, "ich habe etwas für Sie, das nur Leute von feiner Bildung, kluge Studenten wie Sie, richtig einschätzen [5] können."

"Ich bin nicht Student", unterbrach sie Ulrich.

Die Alte hörte das gar nicht mehr, denn sie rannte zum Stand schräg gegenüber. "Was ist ? Was ist los ?"

Der Standhalter machte eine unmißverständliche Handbewegung und deutete auf eine Frau, die von einem Polizisten abgeführt wurde.

Ulrich nützte die Gelegenheit, um der Blauhaarigen zu entkommen [6], und mischte sich unter die an diesem Wintermorgen nur spärlichen Besucher des Flohmarktes.

---

1. **was wäre :** litt. *que serait*, c.-à-d. *qu'en serait-il, que se passerait-il, si*. C'est le conditionnel du verbe être. A l'irréel du présent : **er wäre glücklich, wenn seine Mutter noch lebte** : *il serait heureux si sa mère vivait encore*. A l'irréel du passé : **er wäre glücklich gewesen, wenn er nach Hamburg gekommen wäre** : *il aurait été heureux, s'il était venu à Hambourg*.
2. **es gibt** + acc. (forme identique au sing. et au pl.) : exprime l'existence de qqch. ou de qqun : *il y a*. **Es gibt nur eine Frau in seinem Leben** : *il n'y a qu'une seule femme dans sa vie*. **Es hat wieder Streit gegeben** : *il y a eu de nouveau une dispute*.
3. **der Gedanke (ns, n)** fait partie du petit nombre de substantifs allemands masculins, appelés souvent mixtes, parce qu'ils sont à la fois faibles avec **n** à tous les cas et forts avec **s** au génitif singulier. Par ex. : **der Glaube** : *foi*, **der Funke** : *étincelle* ; **der Wille** : *volonté* ; **der Friede** : *paix*. La parenté avec **denken (a, a)** est évidente. **Der Mensch denkt, Gott lenkt** : *l'homme propose, Dieu*

Qu'est-ce qui pourrait bien se passer si ce père réapparaissait quelque jour ? Et s'il était tel que je me le suis représenté quand j'étais encore un petit garçon ? Non, maman, ce n'est pas simple d'oublier son père, le seul que l'on ait, de faire comme s'il n'avait jamais existé. Mais je le sais bien, pour toi aussi ce ne fut pas facile.

Perdu dans ses pensées, il tomba dans les bras de la vieille follle aux cheveux bleus. Ulrich la connaissait déjà. Quand il avait cherché un amateur pour sa montre, elle avait voulu lui vendre à tout prix un moulin à prières tibétain.

— Vous arrivez au bon moment, cria-t-elle de sa voix éraillée en jetant son cigare. (Elle gesticulait avec les mains, ce qui faisait cliqueter les lourdes chaînes d'or de ses poignets.) Tenez, jeune Monsieur, dit-elle de sa voix râpeuse, j'ai pour vous quelque chose que seuls des gens très cultivés, des étudiants intelligents comme vous peuvent apprécier à sa juste valeur.

— Je ne suis pas étudiant, l'interrompit Ulrich.

Mais la vieille n'écoutait déjà plus, car elle courait au stand d'en face :

— Qu'y a-t-il ? Qu'est-ce qui se passe ?

Le marchand fit de la main un geste parfaitement clair en montrant une femme qu'emmenait un policier.

Ulrich profita de l'occasion pour échapper aux cheveux bleus et se mêla aux visiteurs du marché aux puces, peu nombreux par ce matin d'hiver.

---

dispose. **Das habe ich mir gedacht** : *c'est bien ce que j'ai pensé.* **Wer hätte das gedacht** : *qui aurait pensé ça !*

4. **die Luft (¨e) :** *air.* **An die frische Luft gehen :** *aller prendre l'air.* Fig. **Du kannst schliesslich nicht von der Luft leben :** *tu ne peux pas vivre de l'air du temps.* Penser aux innombrables composés de **Luft : der Luftangriff** : *attaque aérienne ;* **der Luftdruck** : *pression atmosphérique ;* **der Luftkurort** : *station climatique ;* **der Luftzug** : *courant d'air.*

5. **schätzen (te, t) :** *apprécier, estimer, évaluer.* **Wie hoch wird der Brandschaden geschätzt ?** *A combien est estimé le dégât causé par l'incendie ?* **Wie alt schätzen Sie ihn ?** : *quel âge lui donnez-vous ?* **Ich schätze ihn sehr** : *j'ai une grande estime pour lui.* **Der Schatz (¨e)** : *trésor, richesse, somme de connaissances, chéri.* **Ein Schatz an impressionistischen Gemälden. Unschätzbar :** *sans prix, inestimable.*

6. **entkommen (a, o, sein) : der Dieb ist der Polizei entkommen :** *le voleur a échappé à la police.*

Als wäre er auf der Flucht oder als hätte er ein Ziel, beschleunigte er seine Schritte ; irgend etwas zog ihn zurück zu seiner Uhr. Bitterkeit [1] gegen den Vater stieg in ihm auf : Du solltest dich mir jetzt nicht mit deiner Uhr anhängen. Du hättest dich wie andere Männer früher um uns kümmern müssen, um Mutter und mich. Du hast uns verraten [2]. Ich habe dich verkauft — wenn sich ein Käufer findet.

In der Passage [3] zwischen den Verkaufsständen tauchte vor ihm ein Mädchen auf, das ihn sofort gefangennahm. Er sog sich an diesem Gesicht fest, das in seiner durchsichtigen [4] Zartheit, als gingen Strahlen von ihm aus, auf seine wunde Seele übergriff. Frohlockend sah er, daß sie sich "seinem" Stand zuwandte [5], und war mit ein paar Sprüngen selbst auch da.

Der Trödler warf ihm einen vernichtenden [6] Blick zu, der deutlich sagte : Verschwinde, vertreibe mir nicht meine Kunden, und fragte honigsüß [7] das Mädchen, womit er dienen könne.

Sie ging [8] auf seine Frage nicht ein und nahm die Taschenuhr in ihre Hand. Sie legte sie in ihre rechte Hand und fuhr mit den Fingern der linken über die feine Ziselierung des goldenen Deckels.

---

1. **bitter :** *amer ;* **die Bitterkeit. Einen bitteren Geschmack im Mund haben :** *un goût amer dans la bouche.* **Bittere Medizin/Schokolade.**

2. **verraten (ä, ie, a) :** *trahir, dévoiler, divulguer, révéler.* **Der Verrat/der Hochverrat :** *crime de haute trahison,* **der Verräter (-) :** *le traître.* **Ein Geheimnis** *(secret),* **ein Versteck** *(cachette)* **verraten. Seine Miene** *(l'expression de son visage)* **hat ihn verraten. Ich will dir verraten, wo du das preiswert** *(à un prix intéressant)* **kaufen kannst.**

3. **die Passage :** *un passage étroit,* qqfois *une galerie couverte,* par ex. dans le style post-moderne. D'autres mots ont encore survécu à l'invasion du vocabulaire anglo-saxon d'après-guerre, par ex. **die Galerie, die Sauce, die Kantine, die Krawatte, die Toilette, das Portemonnaie, das Trottoir.**

4. **durchsichtig :** *transparent, clair.* **Durchsehen (ie, a, e) :** (a) séparable : *voir, apercevoir, regarder à travers.* **Er schaut durch das Fernglas durch** *(jumelles).* (b) inséparable : *examiner, percer à jour.* **Papiere, Rechnungen** *(factures),* **eine Arbeit auf Schreibfehler durchsehen :** *contrôler l'orthographe d'un texte.*

Comme s'il eût été en fuite ou eût poursuivi un but, il accéléra ses pas. Une force intérieure le ramenait vers sa montre. Une amertume à l'égard de son père l'envahissait. Tu ne devrais pas m'en vouloir pour cette montre. Tu aurais dû, comme le font les autres hommes, te soucier jadis de nous, de maman et de moi. Tu nous a trahis. Je t'ai vendu, enfin s'il y a un acheteur.

Dans le passage entre les stands, devant lui, apparut une jeune fille qui le captiva sur-le-champ.

Il s'agrippa à ce visage dont la délicate transparence — comme si des rayons de lumière en émanaient — pénétrait son âme blessée. Transporté de bonheur, il la vit se diriger vers « son » stand et en quelques bonds il fut là, lui aussi.

Le brocanteur lui jeta un regard impitoyable, qui disait clairement : Disparais, n'effarouche pas mes clients, et d'une voix mielleuse il demanda à la jeune fille : Qu'y a-t-il pour votre service ?

Elle négligea de répondre et prit la montre dans sa main. Elle la mit dans sa main droite et des doigts de la gauche elle suivait les fines ciselures du couvercle en or.

---

5. **zu-wenden (a, a,** + dat.) **:** *se tourner vers, se consacrer à.* **Die Zuwendung** : *don, subvention.* Penser à d'autres verbes avec le préfixe **zu** et qui sont également suivis du dat : **zuhören** : *écouter qqun* ; **zunicken** : *faire un signe de tête amical à qqun* ; **zuschreiben** : *imputer qqch. à qqun*, par ex. **böse Absichten** : *de mauvaises intentions* ; **einem Projekt zustimmen** : *approuver.*
6. **vernichten (te, t) :** *détruire.* **Die Vernichtung.** Calque du mot français *anéantir* ou *annihiler, réduire à néant, à rien.* **Der Hagel hat die Ernte vernichtet** : *la grêle a détruit la moisson.* **Eine vernichtende Kritik** : *impitoyable.*
7. **honigsüß :** *mielleux*, au sens ironique. **Der Honig :** *miel.* **Der Honigkuchen** : *pain d'épice,* **der Honigmond** : *lune de miel.* **Jemandem Honig um den Bart schmieren :** *flagorner qqun.*
8. **ein/gehen (i, a, sein).** Quelques sens très différents les uns des autres mais d'une grande fréquence : (a) **in die Einzelheiten eingehen** : *entrer dans les détails.* (b) **Ist heute viel Post eingegangen ?** *est-ce qu'il y a eu beaucoup de courrier aujourd'hui ?* (c) **Beim Waschen ist das Hemd eingegangen** : *a rétréci.* (d) **Der Apfelbaum ist eingegangen :** *le pommier est mort.* (e) **Auf eine Frage-** : *aborder,* **einen Plan eingehen** : *approuver.* **Eingehend** : *minutieux, détaillé.*

Dann ließ [1] sie diesen aufspringen, legte die Uhr an das Ohr [2] und klappte den Deckel wieder zu. Danach nahm sie die Uhr zwischen ihre beiden Handflächen und rieb diese gegeneinander. Ulrich verfolgte [3] gebannt dieses Spiel. Der Händler pries die Uhr. Sie sei, behauptete er, ein Meisterwerk großer Uhrmacherkunst — "Schweizer Uhrwerk [4] und russische Goldschmiedearbeit" — und der Preis liege weit unter dem wahren Wert. Das Mädchen schien seine Worte nicht zu beachten [5].

"Achtzehn Karat Gold, mein Fräulein."

Sie knöpfte ihre Pelzjacke auf und hielt die Uhr an eine lange goldene Kette, die sie um den Hals trug. Dann hauchte sie das Gehäuse an und polierte es mit ihrem Schal.

"Ich möchte diese Uhr kaufen", sagte sie zu dem Händler.

"Nein !" entfuhr es Ulrich. Das Mädchen schaute ihn mit großen Augen an. Der wütende Verkäufer beschwor sie : "Hören Sie nicht auf ihn. Das ist ein Irrer, der sich ständig an meinem Stand herumtreibt. Sie machen einen guten Kauf mit dieser Taschenuhr. So klein, so flach, das ist selten, und sie ist ja fast geschenkt."

"Bitte, mißverstehen [6] Sie mich nicht", stammelte Ulrich verlegen. "An Ihrer Stelle [7] würde ich die Uhr auch nehmen, sie paßt gut zu Ihnen. Nur hätte ich sie Ihnen lieber geschenkt."

Das Mädchen bezahlte.

---

1. **lassen (ä, ie, a) :** *laisser, permettre, faire.* **Ich habe mich am Bahnhof abholen lassen :** *je me suis fait prendre à la gare.* **Er hat sein Auto reparieren lassen. Das lasse ich mir nicht gefallen :** *je n'admets pas cela.* **Ich habe mir sagen lassen :** *j'ai appris que.*
2. **das Ohr (en)** fam. **sich aufs Ohr legen :** *se mettre au lit.* **Das Ohr,** comme **das Auge,** entre dans une foule d'expressions quotidiennes : **ein feines Ohr haben, ganz Ohr sein :** *tout ouïe ;* **tauben Ohren predigen :** *prêcher à des sourds ;* **die Ohren spitzen :** *dresser les oreilles.*
3. **verfolgen (te, t) :** *suivre, poursuivre (une affaire), persécuter.* **Dieser Gedanke verfolgt mich seit einigen Tagen :** *cette pensée ne me quitte pas depuis quelques jours.* **Die Judenverfolgung im III. Reich :** *la persécution des Juifs sous le 3e Reich.*
4. **das Uhrwerk (e) :** *les rouages.* Cf. **das Schuhwerk :** *les chaussures.* **Die Uhr geht um 5 Minuten vor, nach :** *avance, retarde de.* **Nach der Uhr sehen :** *consulter sa montre.* **Das Uhrglas :** *verre ;*

Puis elle fit jouer le couvercle, mit la montre à son oreille et referma le couvercle. Elle prit ensuite la montre entre ses deux paumes et les frotta l'une contre l'autre. Ulrich suivait ce jeu, fasciné. Le marchand fit l'éloge de la montre. C'était, prétendait-il, un chef-d'œuvre de l'art horloger — « mécanisme suisse et travail d'orfèvrerie russe » — et le prix était bien au-dessous de la valeur réelle. La jeune fille ne semblait pas prêter attention à ses propos.

— De l'or, dix-huit carats, mademoiselle.

Elle déboutonna sa veste de fourrure et tint la montre à hauteur de la longue chaîne en or qu'elle portait autour du cou. Puis elle souffla sur le boîtier et le fit briller avec son écharpe.

— Je voudrais acheter cette montre, dit-elle au marchand.

— Ah, non, laissa échapper Ulrich. La jeune fille le regarda avec de grands yeux. Furieux, le vendeur la supplia :

— Ne l'écoutez pas. C'est un fou qui traîne toujours autour de mon stand. Avec cette montre vous faites une bonne affaire. Si petite, si plate, cela se voit rarement, et c'est presque pour rien.

— Je vous en prie, ne vous méprenez pas sur le sens de mes paroles, bredouilla Ulrich, embarrassé. A votre place, moi aussi, je prendrais la montre. Elle vous va bien. J'aurais seulement préféré vous l'offrir.

La jeune fille paya.

---

der Uhrzeiger : *aiguille* ; **das Uhrarmband** : *bracelet* ; **die Sonnenuhr** : *cadran solaire*.

5. **beachten (te, t)** de **achten auf.** Ex. caractéristique de l'un des procédés de dérivation dont dispose l'allemand : à côté d'un verbe simple il en existe un autre avec le préfixe **be-** qui a un sens voisin du premier mais avec un complément à l'accusatif dans un certain nombre de cas : **einen Brief beantworten,** au lieu de **auf einen Brief antworten, eine Armee besiegen,** au lieu de **über... siegen, eine Villa bewohnen,** au lieu de **in einer... wohnen.**

6. **mißverstehen (a, a) :** part. insép. à connotation négative, correspondant au français *mal (traiter), mé(dire), dé(plaire).* Ex. **mißhandeln** : *brutaliser* ; **mißlingen** : *échouer*, contraire de **gelingen** : *réussir* ; **mißfallen** : *déplaire, mécontenter* ; **mißtrauen** : *se méfier de* ; **mißachten** : *mésestimer, mépriser.*

7. **die Stelle (n) :** *place, lieu, endroit* ; Ex. : **an Ort und Stelle :** *sur place ; passage d'un livre, fonction, poste, bureau* ; **Offene Stelle** : *emploi vacant* ; **die zuständige Stelle** : *autorité compétente.* Fig. **An deiner Stelle hätte ich die Einladung abgelehnt** : *à ta place, j'aurais refusé l'invitation.*

"Sagte ich Ihnen nicht, der Mann sei ein Irrer !" höhnte der Trödler und steckte triumphierend das Geld ein.

Sie behielt die Uhr in der Hand und wandte sich im Weggehen an Ulrich : "Warum hätten Sie mir die Uhr schenken wollen [1] ?"

"Ich habe sie ihm verkauft. — Sind Sie oft auf dem Flohmarkt ?"

"Nicht so oft", sagte sie und lächelte. "Aber fast immer, wenn ich Geld habe."

Sie schlenderten den Standreihen entlang [2], und da Ulrich, was er hätte sagen wollen, zu sagen sich nicht getraute, schwieg er. Doch dann fragte er sie ganz unvermittelt, wie sie heiße.

"Ich heiße Cornelia — und wie heißen Sie ?"

Ulrich sagte ihr seinen Namen.

"Sie kommen [3] mir durchaus nicht wie ein Irrer vor. Warum aber haben Sie denn die Uhr verkauft ?"

"Ja", begann Ulrich zögernd, "das ist eine lange Geschichte. Meine Mutter schenkte sie mir, als [4] ich in die Lehre [5] eintrat. Sie gehörte meinem Vater. Ich habe meinen Vater nie gekannt."

"So ist Ihr Vater tot ? Das tut mir leid [6]."

Ulrich lachte kurz auf. "Er war tot, solange ich ein Kind war. Als Mutter mir seine Uhr gab, erfuhr ich, daß er lebte. Ob er heute noch am Leben ist, weiß ich nicht."

"Nehmen Sie die Uhr wieder zurück. Sie können mir das Geld zurückgeben, wann immer Sie wollen."

Ulrich blieb stehen, nahm die ihm hingereichte Uhr, schaute sie in seiner offenen Hand lange an.

---

1. **schenken wollen.** On a ici ce qu'on appelle à tort un double inf. Il s'agit d'un inf. (**schenken**), compl. d'un aux. de mode à un temps composé et dont la forme non conjuguée prend la forme de l'inf. Ex. **er hat nicht fliegen wollen** (à la place de **gewollt**). **Sie hat ihn nicht anrufen können** (à la place de **gekonnt**).
2. **entlang : an der Donau, am Rhein entlang fahren.**.
3. **vor/kommen (a, o, sein) :** (a) *arriver, se produire*. **Im Deutschen kommt das Verb "werden" häufig vor :** *en allemand, le verbe "werden" est d'une grande fréquence.* (b) *paraître*. **Dieser Mann kommt mir bekannt vor :** *il me semble que je connais cet homme.*
4. **als, wenn.** Deux conj. de subordination très diff. dans leur emploi qui correspondent au *quand, lorsque* du français. **Als** indique un événement unique du passé : **als sein Vater starb, war er**

— C'est bien ce que je vous disais, cet homme est un fou, railla le vendeur en empochant triomphalement l'argent.

Elle conserva la montre dans sa main et, en partant, se tourna vers Ulrich :

— Pour quelle raison auriez-vous voulu m'offrir la montre ?

— C'est moi qui la lui ai vendue. Venez-vous souvent au marché aux puces ?

— Pas tellement souvent, dit-elle en riant. Mais presque toujours quand j'ai de l'argent.

Ils flânèrent le long des stands et comme Ulrich n'osait pas lui dire ce qu'il aurait voulu lui dire, il resta silencieux. Néanmoins il lui demanda tout à coup comment elle s'appelait.

— Je m'appelle Cornelia — et comment vous appelez-vous ?

Ulrich lui dit son nom.

— Vous ne me faites pas du tout l'impression d'un fou. Pourquoi avez-vous donc vendu cette montre ?

— Oui, commença-t-il en hésitant. C'est une longue histoire. Ma mère me l'a offerte lorsque je suis entré en apprentissage. Elle appartenait à mon père. Je n'ai jamais connu mon père.

— Ah, votre père est mort ? Cela me fait de la peine.

Ulrich eut un bref éclat de rire.

— Il était mort aussi longtemps que j'étais un petit garçon. Quand ma mère me remit sa montre, j'appris qu'il vivait. Est-ce qu'il est toujours en vie, je n'en sais rien.

— Reprenez la montre. Vous pourrez me rendre l'argent quand bon vous semblera.

Ulrich s'arrêta, prit la montre qui lui était tendue, la regarda longtemps dans le creux de la main.

---

erst 8 Jahre alt. Wenn marque une habitude au sens de *chaque fois que* et se rend, au passé, par un imparfait ou un plus-que-parfait : **wenn er im Restaurant gegessen hatte, rauchte er immer eine Zigarre.** C'est aussi la conjonction du futur.

5. **die Lehre (n).** a) *enseignement, doctrine.* **Die christliche Lehre ;** b) *système, théorie.* **Die Lehre von der Schwerkraft** ; c) *avertissement.* **Das soll dir eine Lehre sein** ; d) *apprentissage* (c'est le cas ici dans le texte). **Der Lehrer (-). Der Lehrling (e). Lehren (te, t) : Er lehrt in den Oberklassen :** *dans les grandes classes.* **Er lehrt ihn die Geschichte :** *il lui enseigne l'histoire.*

6. Expression la plus courante du regret, par ex. dans un magasin, lorsque le produit demandé n'est pas ou plus disponible. Ex. **Es tut mir leid, das Buch ist vergriffen :** *désolé, ce livre est épuisé.*

"Mutter hat mir von ihm immer nur Gutes erzählt. Wahrscheinlich hat sie ihn viel besser [1] gemacht, als [2] er war. Aber für mich zählt [3] nur das eine, er hat uns verraten, im Stich gelassen, vergessen."

Cornelia deckte mit einer sanften Handbewegung die Uhr in seiner Hand zu.

"Ich habe", sagte Ulrich leise [4], "mich endlich von ihm gelöst. Damals, als ich die Uhr dem Trödler verkaufte. Diese hier ist eine andere, ist eine völlig [5] neue Uhr."

Ulrich drückte sie ihr in die Hand. Dann legte er den Arm um ihre Schulter, und sie ließ es geschehen [6].

"Am Ende hat mir mein Vater doch noch Glück [7] gebracht", sagte er.

---

1. **besser.** Attention à quelques comparatifs irréguliers : **gut/besser, hoch/höher, gern/lieber, viel/mehr.**
2. À ne pas confondre avec **als** par opposition à **wenn.** Traduit ici *que* après un comparatif de supériorité : **Du bist viel jünger als er.**
3. **zählen (te, t) :** *compter.* (a) **Das kleine Mädchen kann schon bis 10 zählen** : *sait déjà compter jusqu'à 10.* **Frankfurt am Main zählt über 600 000 Einwohner.** (b) Fig. **R. d'Harcourt zählte damals zu den besten Kennern Deutschlands** : *comptait jadis parmi les meilleurs connaisseurs de l'Allemagne.* **Ich kann nicht mehr auf Sie zählen** : *je ne peux plus compter sur vous.* (c) **Joséphine zählte viel in Napoleons Leben.** Ne pas confondre avec **zahlen (te, t)** : *payer.*
4. **leise ≠ laut** : *sonore, bruyant.* (a) **laut** : *sonore, bruyant.* (b) **laut** (prép. + dat.) : **laut Vertrag** : *en vertu du contrat.* (c) **der Laut** : *le bruit, le son.* (d) **lauter = nur, nichts als** : **In seiner Bibliothek stehen lauter Geschichtsbücher** : *il n'y a que des livres d'histoire.*

— Maman ne m'a toujours dit que du bien de lui. Probablement l'a-t-elle dépeint meilleur qu'il n'était. Pour moi, une seule chose compte, il nous a trahis, laissés tomber, oubliés.

D'un mouvement léger de la main elle referma la main de Ulrich sur la montre.

— Je me suis définitivement détaché de lui, dit-il tout bas. Le jour où j'ai vendu la montre au brocanteur. Celle-ci en est une autre, une toute nouvelle.

Ulrich la pressa dans la main de la jeune fille. Puis il mit son bras autour de son épaule. Elle ne s'y opposa point.

— Tout compte fait, dit-il, mon père m'a tout de même porté bonheur.

---

5. **völlig** = **ganz,** de voll. **Er hatte mich völlig mißverstanden** : *il ne m'avait pas compris du tout.* **Die Bäume sind in voller Blüte** : *en pleine floraison.* **Sie schrie aus vollem Hals** *à tue-tête.* **Alle Hände voll zu tun haben** : *ne pas savoir où donner de la tête.*
6. **geschehen (es geschieht, es geschah, es ist geschehen) :** une des traductions possibles de *arriver*, au sens de *se passer, se produire.* Ex. **Es geschah gestern etwas Schreckliches.** On peut trouver aussi **passieren** : **Was ist dir denn passiert ?** : *qu'est-ce qui t'est arrivé ?*
7. **das Glück :** (a) **Glück haben, wünschen** : *avoir, souhaiter de la chance, du bonheur.* **Viel Glück bei deiner Chinareise !** (b) **der Glückwunsch (ë)** : **Herzliche Glückwünsche zum Geburtstag !** (c) **jemanden zur Eheschliessung** *(mariage),* **zum bestandenen Abitur** *(baccalauréat)* **beglückwünschen** : *féliciter ;* (d) **glücklich** : *heureux, chanceux.* **Sich glücklich schätzen** : *s'estimer heureux.*

Révisions

Vous avez rencontré en lisant cette histoire les équivalents allemands des expressions suivantes. Vous en souvenez-vous ?

1. De loin déjà, il la vit devant le stand.
2. Voulez-vous racheter votre voiture ?
3. T'es-tu déjà renseigné sur le prix d'une montre en or ?
4. Il se demandait si son père était toujours en vie.
5. Elle voulait à tout prix aller au marché aux puces.
6. Il pressa le pas, comme s'il était en fuite.
7. Pourquoi les avait-il trahis ?
8. Le brocanteur lui demanda d'une voix mielleuse ce qu'elle désirait.
9. Comme il faisait très froid, il avait boutonné sa veste de fourrure.
10. A ta place j'aurais acheté cette maison.
11. Il aimait se promener au bord du Main.
12. Une seule chose comptait pour lui : l'amitié.
13. Pourquoi n'avait-elle pas prêté attention à ses paroles ?
14. Il aurait fallu que tu te soucies de nous plus tôt.
15. Il aurait aimé mettre le bras autour de son épaule.

1. **Schon von weitem sah er sie vor dem Stand.**
2. **Möchten Sie Ihr Auto zurückkaufen ?**
3. **Hast du dich schon nach dem Preis einer goldenen Uhr erkundigt ?**
4. **Er fragte sich, ob sein Vater immer noch am Leben wäre.**
5. **Sie wollte um jeden Preis auf den Flohmarkt gehen.**
6. **Er beschleunigte seine Schritte, als wäre er auf der Flucht.**
7. **Warum hatte er sie verraten ?**
8. **Der Trödler fragte sie honigsüß, womit er dienen könne.**
9. **Da es sehr kalt war, hatte er seine Pelzjacke zugeknöpft.**
10. **An deiner Stelle hätte ich dieses Haus gekauft.**
11. **Er ging gern am Main entlang spazieren.**
12. **Nur eins zählte für ihn : die Freundschaft.**
13. **Warum hatte sie seine Worte nicht beachtet ?**
14. **Du hättest dich früher um uns kümmern müssen.**
15. **Er hätte gern den Arm um ihre Schulter gelegt.**

SIEGFRIED LENZ

Die Flut[1] ist pünktlich

La marée est à l'heure

Né en 1926, il est originaire de la province la plus septentrionale de l'ancienne Allemagne, la Prusse Orientale, patrie de Kant, le philosophe, et d'un autre écrivain, Ernst Wiechert, qui chanta la Masurie, cette terre de lacs et de forêts.

Après le chaos de l'exode de 1945 et des études de philosophie et de littérature interrompues, Siegfried Lenz fit du journalisme pour ne plus bientôt se consacrer qu'à sa tâche d'écrivain.

On ne saurait présenter en peu de lignes l'œuvre littéraire, abondante et multiforme, traduite en de nombreuses langues, très appréciée notamment en Israël, de ce classique de la littérature allemande d'aujourd'hui au ton parfois prophétique, qui avec sa *Deutschstunde* se situa dans la lignée de Böll avec sa *Haus ohne Hüter* et de Grass avec son *Blechtrommel*.

Il vient d'être le lauréat du Prix de la Paix décerné à l'occasion de la Foire internationale du Livre de Francfort/Main (9-10-1988).

Zuerst sah er ihren [2] Mann. Er sah [3] ihn allein heraustreten aus dem flachen, schilfgedeckten Haus hinter [4] dem Deich, den Riesen mit dem traurigen Gesicht, der wieder seine hohen Wasserstiefel trug und die schwere Joppe mit dem Pelzkragen. Er beobachtete vom Fenster aus [5], wie ihr Mann den Pelzkragen hochschlug, gebeugt hinaufstieg auf den Deich und oben im Wind stehenblieb und über das leere und ruhige Watt [6] blickte, bis zum Horizont, wo die Hallig [7] lag, ein schwacher Hügel hinter der schweigenden Einöde des Watts. Und während er noch hinüberblickte zur Hallig, stieg er den Deich hinab zur andern Seite, verschwand einen Augenblick hinter der grünen Böschung und tauchte wieder unten neben der tangbewachsenen eisernen Spundwand auf, die sie weit hinausgebaut und mit einem Steinhaufen an der Spitze gesichert hatten. Der Mann ging in die Hocke, rutschte das schräge Steinufer hinab und landete auf dem weichen, grauen Wattboden, der geriffelt war von zurückweichendem Wasser, durchzogen von den scharfen Spuren der Schlickwürmer ; und jetzt schritt er über den weichen Wattboden, über das Land, das dem Meer gehörte ; schritt an einem unbewegten Priel entlang [8], einem schwarzen Wasserarm, der wie zur [9] Erinnerung für die Flut dalag, nach sechs Stunden wieder zurückzukehren und ihn aufzunehmen mit steigender Strömung. Er schritt durch den Geruch von Tang und Fäulnis, hinter Seevögeln her, die knapp zu den Prielen abwinkelten und suchend und schnell pickend voraustrippelten ;

---

1. **die Flut ≠ die Ebbe :** *marée haute, marée basse.* **die Flut (en) :** *flot, torrent.* Fig. : **eine Flut von Briefen :** *lettres,* **Protesten :** *protestations.*
2. **ihr/sein** (cf. anglais : her/his) : au possessif de la 3ᵉ p. du sing., l'allemand est plus précis que le français : **ihr** se réfère toujours à un possesseur féminin, **sein** à un masculin. Une phrase telle que : *elle monta dans sa voiture* nécessiterait, en l'absence de tout contexte, une double traduction : **sie stieg in sein/ihr Auto ein.**
3. **Er sah... heraustreten : sehen** fait partie du petit nombre de verbes (en dehors des aux. de mode : **können, dürfen, wollen, mögen**) qui sont suivis d'un infinitif sans **zu** tels que **hören, bleiben.**
4. **hinter dem Deich/auf den Deich :** à trois lignes d'intervalle opposition significative entre les réponses aux questions **wo** et **wohin.** Dans le premier cas (dat.) la maison ne bouge pas, elle

Il vit d'abord son mari. Il le vit sortir seul de la maison basse au toit de roseaux derrière la digue, ce géant au visage triste, qui avait à nouveau ses bottes hautes pour marcher dans l'eau et sa lourde vareuse au col de fourrure. De la fenêtre, il observait son mari qui releva son col de fourrure puis, courbé, gravit la digue et, de là-haut, dans le vent, parcourut des yeux l'étendue vide et immobile du Watt jusqu'à l'horizon, jusqu'à la Hallig, ce tertre, au-delà du Watt silencieux et désertique. Et, le regard encore attaché à la Hallig, il descendit de l'autre côté de la digue, disparut un instant derrière le talus vert et refit surface en bas, près du mur briseur de lames, recouvert de varech, dont ils avaient prolongé la construction assez loin en direction de la mer et assujetti le sommet avec des pierres. L'homme s'accroupit, glissa le long de la berge en pierre et atterrit sur le sol mou et gris du Watt où l'eau, en se retirant, avait tracé des cannelures, striées par les traces fraîches des vers de vase. Il avançait maintenant sur le sol mou du Watt, sur cette terre qui appartenait à la mer ; il avançait en longeant un ruisseau inerte, bras d'eau noire, qui était resté là comme pour rappeler aux flots de ne pas oublier de revenir six heures plus tard et de l'emmener avec eux à la marée montante. Il avançait dans l'odeur de varech et de pourriture, derrière les oiseaux de mer qui, virant brusquement, s'abattaient vers ces ruisseaux, en quête de nourriture, picoraient à la hâte et le précédaient en trottinant.

---

se dresse sur la digue, dans le second cas (acc.), l'homme grimpe sur la digue, il se déplace pour l'atteindre.

5. **von... aus :** *à partir de* (a) (locatif) : **von hier aus.** (b) (temporel) : **von 1. Mai an ist das Strandbad geöffnet. Von nun an, von heute an, von morgen an** : *dès maintenant, aujourd'hui, demain.*

6. **das Watt :** *barre de sable recouvert d'eau à marée haute.*

7. **die Hallig :** îlot bas de la Mer du Nord, sur la côte du Schleswig-Holstein, qui peut être submergé par la marée haute.

8. **entlang : Am Rhein entlang stehen viele Burgruinen** : *ruines de châteaux forts.*

9. **zur :** le maniement des prépositions exige dans chaque langue beaucoup de précautions et leur usage est, la plupart du temps, imprévisible d'une langue à l'autre. **Zu** comporte, ici, l'idée de but, de même, par exemple, dans **zum Zeitvertreib** : *pour passer le temps.*

immer weiter [1] entfernte er sich vom Ufer, in Richtung auf die Hallig unter dem Horizont, wurde kleiner, wie an jedem Tag, wenn er seinen Wattgang zur Hallig machte, allein, ohne seine Frau. Zuletzt war er nur noch ein wandernder [2] Punkt in der dunklen Ebene des Watts, unter dem großen und grauen Himmel hier oben : Er hatte Zeit bis zur Flut...

Und jetzt sah er von seinem Fenster aus die Frau. Sie trug einen langen Schal [3] und Schuhe mit hohen Absätzen ; sie kam unter dem Deich auf das Haus zu, in dem er wartete ; sie winkte zu seinem Fenster hinauf. Dann hörte er sie auf der Treppe, hörte, wie [4] sie die Tür öffnete, zögernd von hinten näher kam, und jetzt wandte er sich um und sah sie an.

"Tom", sagte sie, "oh, Tom", und sie versuchte dabei zu lächeln und ging mit erhobenen Armen auf ihn zu.

"Warum hast du ihn nicht begleitet ?" fragte er.

Sie ließ die Arme sinken und schwieg ; und er fragte wieder : "Warum bist du mit deinem Mann nicht rübergegangen zur Hallig ? Du wolltest einmal mit ihm rübergehen. Du hattest es mir versprochen."

"Ich konnte nicht", sagte sie. "Ich habe es versucht, aber ich konnte es nicht."

Er blickte zu dem Punkt in der Verlorenheit des Watts, die Hände am Fensterkreuz, die Knie gegen [5] die Mauer gedrückt, und er spürte den Wind am Fenster vorbeiziehen und wartete. Er merkte, wie die Frau sich hinter ihm in den alten Korbstuhl setzte, es knisterte leicht, ruckte und knisterte, dann war sie still, nicht einmal ihr Atem war zu hören.

---

1. **weiter :** l'expression *de plus en plus* se rend par **immer** et le comparatif de supériorité. **Von August an werden die Tage immer kürzer** : *de plus en plus courts.* Cela vaut aussi pour les adverbes : **Er kam immer öfter** (de **oft**) **zu uns** : *il vint de plus en plus souvent nous voir.*

2. **wandern (te, t, sein) :** verbe très vivant en allemand mais difficile à traduire en français. Il signifie qu'on effectue un parcours à pied (ce peut être également à bicyclette) sans hâte, d'une durée importante, et il connaît toujours, même dans l'Allemagne d'aujourd'hui, motorisée à l'extrême, une grande faveur. Penser aux mouvements de découverte de la nature du début du siècle (les **Wandervögel**) qui donnèrent à la chose et au mot toute leur dimension socio-historique.

Il s'éloignait de plus en plus du rivage, en direction de la Hallig, là-bas sous l'horizon, se faisait plus petit comme chaque fois qu'il se livrait, seul sans sa femme, à cette promenade dans le Watt. Il finit par n'être plus qu'un point errant sur la morne étendue du Watt, sous l'immense ciel gris d'ici : il avait le temps jusqu'à l'heure de la marée...

Et de sa fenêtre il voyait maintenant la femme. Elle portait une longue écharpe et des chaussures à talons hauts. Elle marchait en contrebas de la digue, se dirigeant vers la maison où il attendait et, levant les yeux vers la fenêtre, elle lui faisait signe de la main. Puis il l'entendit dans l'escalier, l'entendit ouvrir la porte, s'approcher de lui par derrière, en hésitant. C'est alors qu'il se retourna et la regarda.

— Tom, dit-elle, oh, Tom, et ce disant elle essaya de sourire et alla vers lui les bras tendus.

— Pourquoi ne l'as-tu pas accompagné ? demanda-t-il.

Elle laissa retomber ses bras et se tut ; il lui demanda à nouveau :

— Pourquoi n'es-tu pas allée là-bas avec ton mari sur la Hallig ? Tu voulais y aller une fois avec lui. Tu me l'avais promis.

— Je n'ai pas pu, dit elle, j'ai essayé mais je n'ai pas pu.

Il fixait des yeux ce point perdu dans l'immensité du Watt, les mains au montant de la fenêtre, les genoux appuyés au mur, il sentait le vent souffler contre la fenêtre et attendait. Il se rendit compte que la femme s'asseyait derrière lui dans le vieux fauteuil en osier, il y eut un craquement léger, une secousse, des craquements, puis elle se tut et on ne percevait même pas son souffle.

---

3. **der Schal (s) :** *châle.* Attention à la prononciation de ce mot, où la voyelle *a* suit la règle générale : avant une consonne seule, la voyelle est longue, à ne pas confondre avec **der Schall,** où le *a* est bref, et qui a un tout autre sens : *le bruit* (cf. **die Schallplatte** : *le disque*).
4. **wie :** d'un emploi idiomatique constant après des verbes de perception comme **sehen, hören.** Ne se traduit pas, et surtout pas par comment.
5. **gegen :** comme le *contre* français (qui marque l'opposition mais aussi la proximité), **gegen** a plusieurs valeurs. (a) **Er ist gegen meinen Vorschlag** : *opposé à ce que je propose.* (b) **Nachts fuhr das Auto gegen einen Baum** : *alla heurter.* (c) **Gegen Mittag, drei Uhr** : *vers midi, vers trois heures.* (d) **Das Gegenteil(e)** : *le contraire.* **Im Gegenteil zu** (dat.) : *au contraire de.* **Der Gegensatz** : *le contraste.*

Plötzlich drehte er sich um, blieb am Fenster stehen und beobachtete sie ; starrte auf das braune Haar, das vom Wind versträhnt [1] war, auf das müde Gesicht und die in ruhiger Verachtung herabgezogenen Lippen, und er sah auf ihren Nacken [2] und die Arme hinunter bis zu ihrer schwarzen, kleinen Handtasche, die sie gegen ein Bein des alten Korbstuhls gelehnt hatte...

"Warum hast du ihn nicht begleitet ?" fragte er.

"Es ist zu spät", sagte sie. "Ich kann nicht mehr mit ihm zusammen sein. Ich kann nicht allein sein mit ihm."

"Aber du bist mit ihm hier raufgekommen", sagte er.

"Ja", sagte sie. "Ich bin mit ihm auf die Insel gekommen, weil er glaubte, es ließe sich hier alles vergessen. Aber hier ist es noch weniger [3] zu vergessen als zu Hause. Hier ist es noch schlimmer."

"Hast du ihm gesagt, wohin du gehst, wenn er fort ist ?"

"Ich brauche es ihm nicht zu sagen, Tom. Er kann zufrieden sein, daß ich überhaupt mitgefahren bin. Quäl mich nicht."

"Ich will dich nicht quälen [4]", sagte er, "aber es wäre gut gewesen, wenn du ihn heute begleitet hättest. Ich habe ihm nachgesehen, wie er hinausging, ich stand die ganze Zeit am Fenster und beobachtete ihn draußen im Watt. Ich glaube, er tat mir leid."

"Ich weiß, daß er dir leid tut", sagte sie, "darum mußte ich dir auch versprechen, ihn heute zu begleiten. Ich wollte es deinetwegen [5] tun ; aber ich konnte es nicht. Ich werde es nie können, Tom. — Gib [6] mir eine Zigarette."

---

1. **versträhnt :** cf. **die Strähne (n) :** *mèche.* **Er hat eine Glückssträhne :** *en ce moment tout lui réussit.*
2. **der Nacken (-) :** *nuque, cou.* Fig. : **einen starren Nacken haben :** *le cou raide.* **Endlich mußte er seinen Nacken beugen :** *il lui fallut bien finir par céder.* Ne pas confondre avec **nackt :** *nu.* **Auf der nackten Erde schlafen :** *à même le sol ;* **mit nackten Füssen :** *pieds nus,* **mit nacktem Oberkörper im Garten arbeiten :** *le torse nu.* **Die Nacktkultur = die Freikörperkultur (FKK) :** *naturisme,* dont les adhérents, en Allemagne, se comptent par millions.
3. **weniger als :** distinguer le comparatif de supériorité (c'est le cas ici) : **Es ist heute viel wärmer als gestern :** *beaucoup plus chaud qu'hier* et le comparatif d'égalité, où le *que* français ne se traduit plus par **als** mais par **wie. Es ist heute genau so kalt wie gestern :** *il fait exactement aussi froid qu'hier.*
4. **die Qual (en) :** *souffrance, tourment.* **Quälen (te, t) : Von**

Soudain il se retourna, debout à la fenêtre, et l'observa. Il fixait sa chevelure brune dont le vent avait emmêlé les mèches, le visage fatigué, les lèvres tirées vers le bas en une moue de mépris et il regardait son cou et ses bras jusqu'au petit sac noir qu'elle avait appuyé contre un pied du vieux fauteuil en osier...

— Pourquoi ne l'as-tu pas accompagné ? demanda-t-il.

— C'est trop tard, dit-elle. Je ne peux plus vivre avec lui. Je ne peux plus être seule avec lui.

— Mais tu es bien montée ici avec lui, dit-il.

— Oui, dit-elle, je suis venue avec lui sur cette île, parce qu'il croyait qu'ici tout pourrait s'oublier. Mais ici, on oublie encore moins qu'à la maison. Ici, c'est bien pire.

— Lui as-tu dit où tu allais lorsqu'il est absent ?

— Je n'ai pas besoin de le lui dire, Tom. Il peut s'estimer heureux que je sois venue avec lui. Ne me tourmente pas.

— Je ne veux pas te tourmenter, dit-il, mais ç'aurait été bien si aujourd'hui tu l'avais accompagné. Je l'ai suivi des yeux lorsqu'il est parti, j'étais à la fenêtre tout le temps et je l'ai observé là-bas dans le Watt. Je crois qu'il me faisait de la peine.

— Je sais qu'il te fait de la peine, dit-elle, et c'est pour cela qu'il a fallu que je te promette de l'accompagner aujourd'hui. Je voulais le faire à cause de toi, mais je ne l'ai pas pu. Je ne le pourrai jamais, Tom. Donne-moi une cigarette.

Gewissensbissen gequält : *tourmenté par les remords.* Penser au proverbe souvent cité : **Wer die Wahl hat, hat die Qual** : *l'embarras du choix.* **Die Tierquälerei.**

5. **wegen** fait partie des prép. suivies du gén. telles que : **innerhalb/ausserhalb** : *à l'intérieur, à l'extérieur de* ; **diesseits/jenseits** : *de ce côté-ci, de ce côté-là* ; **während** : *pendant.* **Meinetwegen, deinetwegen, seinetwegen, ihretwegen** : *à cause de moi, de toi, de lui, d'elle.* **Ihretwegen hat er sich scheiden lassen** : *il a divorcé à cause d'elle.*

6. **gib** : un certain nombre de verbes forts changent de voyelle radicale non seulement au prétérit et au participe passé mais aussi aux 2e et 3e p. du prés. de l'ind. et à l'impératif. Parmi les verbes à radical en **e** : **brechen (er bricht)** : *briser,* **helfen (er hilft)** : *aider,* **nehmen (er nimmt)** : *prendre,* **sprechen (er spricht)** : *parler,* **vergessen (er vergißt)** : *oublier.*

Der Mann zündete eine Zigarette an und gab sie ihr, und nach dem ersten Zug [1] lächelte sie und zog die Finger durch das braune, versträhnte Haar. "Wie sehe ich aus, Tom ?" fragte sie. "Sehe ich sehr verwildert [2] aus ?"

"Er tut mir leid", sagte der Mann.

Sie hob ihr Gesicht, das müde Gesicht [3], auf dem wieder der Ausdruck einer sehr alten und ruhigen Verachtung erschien, und dann sagte sie : "Hör auf damit, Tom. Hör auf, ihn zu bemitleiden. Du weißt nicht, was gewesen ist. Du kannst nicht urteilen [4]."

"Entschuldige", sagte der Mann. "Ich bin froh, daß du gekommen bist", und er ging auf sie zu und nahm ihr die Zigarette aus der Hand. Er drückte sie unterm Fensterbrett aus [5], rieb die Reste der kleinen Glut herunter, wischte die Krümel weg und warf die halbe Zigarette auf eine Kommode. Die untere Seite des Fensterbretts war gesprenkelt von den schmutzigen Flecken ausgedrückter Zigaretten. Ich muß sie mal abwischen, dachte er ; wenn sie weg ist, werde ich die Flecken abwischen, und jetzt trat er neben den alten Korbstuhl [6], faßte ihn mit beiden Händen oben an der Lehne und zog ihn weit hintenüber.

"Tom", sagte sie, "oh, Tom, nicht weiter, bitte, nicht weiter, ich falle sonst, Tom, du kannst das nicht halten." Und es war eine glückliche Angst in ihrem Gesicht und eine erwartungsvolle Abwehr...

"Laß uns hier weggehen, Tom", sagte sie danach, "irgendwohin. Bleib noch bei mir."

"Ich muß mal hinaussehen", sagte er, "einen Augenblick."

---

1. **der Zug (¨e) :** mot aux multiples sens, entre autres : (a) *courant d'air :* **der Luftzug** ; (b) *train ;* **der Zug nach Hannover** : *de = qui va à.* **Der Bummelzug** : *le tortillard ;* (c) *défilé, cortège, convoi, bande ;* **ein Zug Wildenten** : *un vol de canards sauvages ;* (d) *trait (dessin,* mais aussi *de caractère) ;* (e) (ici) *bouffée.*

2. **verwildert** de **wild** : *sauvage, inculte, à l'abandon.* **Wilde Rose** : *églantine ;* **wildes Meer** : *mer déchaînée.* **Das Wild** : *gibier.* **Der Wilddieb** : *braconnier ;* **das Wildgehege** : *réserve ;* **das Wildleder** : *peau de chamois ;* **das Wildschwein** : *sanglier ;* **der Wildwest** : *Far West.*

3. **das müde Gesicht :** cette expression revient comme un leitmotiv : cette femme est lasse, elle a tenu pendant deux ans, aujourd'hui elle est à bout.

4. **urteilen (te, t). Das Urteil (e)** : *jugement, sentence, avis.* **Nach dem Äusseren zu urteilen geht es ihm viel besser** : *selon toute*

L'homme alluma une cigarette et la lui donna. Après la première bouffée elle sourit et passa les doigts dans sa chevelure brune emmêlée.

— De quoi ai-je l'air ? Tom, demanda-t-elle. Ai-je l'air très négligée ?

— Il me fait de la peine, dit l'homme.

Elle leva son visage ; un visage fatigué, sur lequel se lut à nouveau l'expression tranquille d'un mépris de vieille date et elle lui dit :

— Arrête, Tom, arrête de t'apitoyer sur lui. Tu ne sais pas ce qui s'est passé. Tu ne peux pas juger.

— Pardonne-moi, dit l'homme. Je suis heureux que tu sois venue, il alla vers elle et lui prit la cigarette de la main.

Il l'éteignit sous le rebord de la fenêtre, fit tomber par terre ce qui restait du minuscule brasier, essuya les restes de tabac et jeta la moitié de cigarette sur la commode. Le dessous du rebord de la fenêtre était maculé de taches de cigarettes qu'on y avait frottées pour les éteindre. Il faut que je les enlève, pensa-t-il ; lorsqu'elle sera partie, j'essuierai les taches, puis il s'approcha du vieux fauteuil en osier, saisit, à deux mains, le dossier et le tira fort vers l'arrière.

— Tom, dit-elle, oh, Tom, arrête, je t'en prie, arrête, sinon je tombe. Tom, tu ne peux pas continuer. Et il y eut sur son visage un mélange de peur et de bonheur, d'attente et de refus...

— Partons d'ici, Tom, dit-elle après, n'importe où. Reste encore près de moi.

— Il faut que je regarde au-dehors, dit-il. Un instant.

---

apparence, il va beaucoup mieux. **Das Vorurteil (e)** : (ce qui intervient avant, à l'encontre de tout jugement rationnel) *préjugé.* **Durch Städtepartnerschaften zwischen Frankreich und der Bundesrepublik sind viele Vorurteile abgebaut worden** : grâce aux jumelages... beaucoup de préjugés ont été abolis.

5. **aus/drücken (te, t)** : ici, *éteindre (en comprimant),* sinon *(s') exprimer.* **Er drückte sich immer in einfachen Worten aus** : *en termes simples.* **Der Ausdruck(¨e). Der Ausdruck seines Gesichtes wechselte ständig** : *son visage changeait continuellement d'expression.*

6. Le procédé de la composition, infiniment plus fréquent qu'en français, donne à l'allemand une possibilité quasi illimitée de former continuellement des mots nouveaux (mots composés) en déterminant de multiples façons un terme de base. Ex. **der Korbstuhl** : *chaise en rotin ;* **der Fahrstuhl** : *ascenseur ;* **der Kinderstuhl** : *chaise d'enfant ;* **der Liegestuhl** : *chaise longue.*

Er ging zum Fenster und sah über die Einsamkeit [1] und Trübnis des Watts ; er suchte den wandernden Punkt in der Einöde draußen, zwischen den fern blinkenden Prielen, aber er konnte ihn nicht mehr entdecken [2].

"Wir haben Zeit bis zur Flut", sagte er. "Warum sagst du das nicht ? Du bist immer nur zu mir gekommen, wenn er seinen Wattgang machte zur Hallig raus. Sag doch, daß wir Zeit haben für uns bis zur Flut. Sag es doch."

"Ich weiß nicht, was mit dir los ist, Tom", sagte sie, "warum du so gereizt [3] bist. Du warst es nicht in den letzten zehn Tagen. In den letzten zehn Tagen hast du mich auf der Treppe begrüßt."

"Er ist dein Mann", sagte er gegen das Fenster." Er ist noch immer dein Mann, und ich hatte dich gebeten, heute mit ihm zu gehen."

"Ist es dir heute eingefallen, daß er mein Mann ist ? Es ist dir spät eingefallen, Tom", sagte sie, und ihre Stimme war müde und ohne Bitternis. "Vielleicht ist es dir zu spät eingefallen. Aber du kannst beruhigt [4] sein : Er hat aufgehört [5], mein Mann zu sein, seitdem er aus Dharan zurück ist. Seit zwei Jahren, Tom, ist er nicht mehr mein Mann. Du weißt, was ich von ihm halte [6]."

"Ja", sagte er, "du hast es mir oft genug [7] erzählt. Aber du hast dich nicht von ihm getrennt ; du bist bei ihm geblieben, zwei Jahre, du hast es ausgehalten."

"Bis zum heutigen Tag", sagte sie, und sie sagte es so leise, daß er sich vom Fenster abstieß und sich umdrehte und erschrocken in ihr Gesicht sah, in das müde Gesicht, über das jetzt eine Spur heftiger Verachtung lief.

---

1. **die Einsamkeit :** *solitude.* **Einsam. Ein einsamer Mensch. Eine Einsame Gegend.** A distinguer de **allein** : *seul ;* on peut être **einsam** sans être **allein,** tout aussi bien qu'**allein** sans se sentir le moins du monde **einsam.**

2. **entdecken (te, t) :** *découvrir, révéler.* **Die Entdeckung (en). Kolumbus hat Amerika entdeckt.** A ne pas confondre avec **erfinden (a, u)** : *inventer.* **Die Erfindung (en). Gutenberg hat die Buchdruckerkunst erfunden.** Fig. : **Diese Geschichte ist von A bis Z erfunden** : *pure invention.*

3. **reizen (te, t) :** *agacer, irriter, exciter,* mais aussi *attirer, charmer.* **Reizbar** : *irritable, nerveux.* **Reizend** : *excitant, ravissant.* **Ein reizender Abend** : *une soirée merveilleuse.* **Ein reizendes Mädchen** : *une fille ravissante.*

4. **beruhigen (te, t) :** *calmer, tranquilliser, rassurer* ≠ **beunruhi-**

Il alla vers la fenêtre, parcourut du regard la solitude et la tristesse du Watt ; il cherchait le point errant dans le désert, là-bas entre les ruisseaux morts qui brillaient au loin mais il ne put le découvrir.

— Nous avons du temps jusqu'à la marée, dit-il. Pourquoi ne le dis-tu pas ? Tu es toujours venue me voir lorsqu'il faisait sa promenade jusqu'à la Hallig. Dis-moi donc que nous avons le temps jusqu'à la marée. Dis-le donc...

— Je ne sais pas ce que tu as, Tom, dit-elle, pourquoi es-tu si nerveux ? Tu ne l'étais pas ces derniers dix jours. Ces derniers dix jours, tu m'as toujours dit bonjour, lorsque j'étais dans l'escalier.

— Il est ton mari, dit-il tourné vers la fenêtre. Il est toujours ton mari et je t'avais demandé d'aller avec lui aujourd'hui.

— Et c'est aujourd'hui que tu découvres qu'il est mon mari ? Tu le découvres un peu tard, Tom, dit-elle, d'une voix fatiguée mais dépourvue d'amertume. Peut-être le découvres-tu trop tard. Mais tu peux être tranquille, il a cessé d'être mon mari du jour où il est rentré de Dharan. Depuis deux ans il n'est plus mon mari. Tu sais le cas que je fais de lui.

— Oui, tu me l'as assez souvent raconté, dit-il. Mais tu ne t'es pas séparée de lui ; tu es restée avec lui, pendant deux ans, tu as tout supporté.

— Jusqu'au jour d'aujourd'hui, dit-elle, et elle le dit d'une voix si basse qu'il se détourna de la fenêtre, se retourna et regarda, effrayé, son visage, ce visage fatigué, que parcourut alors une trace d'intense mépris.

---

gen : *inquiéter, troubler.* **Er konnte sich nur schwer beruhigen** : *il n'arriva que difficilement à se calmer.* **Ohne aus der Ruhe zu kommen** : *sans se départir de son calme.* **Das Beruhigungsmittel** : *calmant ;* **der Ruhetag** : *jour de repos/de fermeture d'un magasin, restaurant.*

5. **auf/hören (te, t)** : *cesser* ≠ **an/fangen (ä, i, a)** : *commencer.* **Am Anfang** : *au début,* **von Anfang an** : *dès le début.* **Sie flogen Anfang Mai nach Wien. Wenn er nur mit dem Rauchen aufhören würde** : *si seulement il arrêtait de fumer !*

6. **halten (ä, ie, a)** : c'est le type même du verbe à sens multiples auquel sont consacrées des colonnes entières de dictionnaire. Ici : *estimer, considérer comme.* **Jemanden zum Narren halten** : *se moquer de.* **Jemanden für einen Freund halten** : *considérer comme un ami.* **Er hielt nichts von ihm** : *il faisait peu de cas de lui.*

7. **genug** : *assez, suffisamment de.* **Wir haben noch Brot genug. Sein Deutsch ist noch nicht gut genug. Genügen (te, t)** : *suffire ;* **genügsam** : *content de peu.*

"Ist etwas geschehen ?" fragte er schnell.

"Was geschehen ist, geschah vor[1] zwei Jahren."

"Warum hast du ihn nicht begleitet ?"

"Ich konnte nicht", sagte sie, "und jetzt werde ich es nie mehr brauchen."

"Was hast du getan ?" fragte er.

"Ich habe versucht zu vergessen, Tom. Weiter nichts, seit zwei Jahren habe ich nichts anderes versucht. Aber ich konnte es nicht."

"Und du bist bei ihm geblieben und hast dich nicht getrennt[2] von ihm", sagte er. "Ich möchte wissen, warum du es ausgehalten hast."

"Tom", sagte sie, und es klang wie eine letzte, resignierte Warnung, "hör mal zu, Tom. Er war mein Mann, bis[3] sie ihm den Auftrag in Dharan gaben und er fortging für sechs Monate. So lange war er es, und als er zurückkam, war es aus. Und weil du dein Mitleid[4] für ihn entdeckt hast heute, und weil du wohl erst jetzt bemerkt hast, daß er mein Mann ist, will ich dir sagen, was war. Er kam krank zurück, Tom. Er hat sich in Dharan etwas geholt, und er wußte es. Er war sechs Monate fort[5], Tom, sechs Monate sind eine Menge Zeit, und es gibt viele, die es verstehen, wenn so etwas passiert. Vielleicht hätte ich es auch verstanden, Tom. Aber er war zu feige[6], es mir zu sagen. Er hat mir kein Wort gesagt."

Der Mann hörte ihr zu, ohne sie anzusehen ; er stand mit dem Rücken zu ihr und sah hinaus, sah den grünen Wulst des Deiches entlang, der in weitem Bogen[7] zum Horizont lief.

---

1 Bien distinguer **vor** de **seit**. L'un et l'autre peuvent se traduire par *il y a* temporel. **Vor** marque un point, une date dans le passé **vor über 150 Jahren wurde Siemens gegründet** : *il y a plus de 150 ans que Siemens fut fondé.* **Seit** insiste sur le début d'une période et sur la durée du temps écoulé **seit zehn Jahren lebt sie im Schwarzwald** : *il y a dix ans qu'elle vit dans la Forêt Noire/depuis dix ans.* En outre **seit** peut être synonyme de **seitdem** : *depuis que.*

2 **trennen (te, t). Die Trennung. Der Rhein trennt Straßburg von Kehl. Sie leben getrennt** : *ils sont séparés.*

3 **bis :** aucune ressemblance avec le bis français qui exprime la répétition (a) préposition (locatif) **bis nach München, bis zu dir** : *jusque chez toi,* (temporel) **bis zum Anfang des Winters** : *l'entrée de l'hiver* , **bis zum Sonnenuntergang** : *jusqu'au coucher du soleil* , **bis morgen.** (b) conjonction *jusqu'à ce que* **Ich bleibe hier, bis du zurückkommst.**

— Est-ce qu'il s'est passé quelque chose ? demanda-t-il brusquement.

— Ce qui s'est passé, s'est passé il y a deux ans.

— Pourquoi ne l'as-tu pas accompagné ?

— Je n'ai pas pu, dit-elle, je n'aurai plus jamais à le faire.

— Qu'est-ce que tu as fait ? demanda-t-il.

— J'ai tenté d'oublier, Tom. Rien d'autre, depuis deux ans je n'ai rien tenté d'autre. Mais je n'ai pas pu.

— Et tu es restée avec lui et tu ne t'es pas séparée de lui. Je voudrais savoir pourquoi tu as enduré cela.

— Tom, dit-elle, et on eût dit une mise en garde résignée, la dernière, écoute, Tom. Il fut mon mari jusqu'à ce qu'ils le chargent d'une mission à Dharan et qu'il parte pour six mois. C'est ce que cela a duré et, à son retour, ce fut fini. Et parce que tu découvres aujourd'hui ta pitié pour lui et parce que c'est aujourd'hui seulement que tu t'aperçois qu'il est mon mari, je vais te dire ce qui s'est passé. Il est revenu malade, Tom. Il a attrapé quelque chose à Dharan et il le savait. Il a été six mois parti, Tom, et six mois c'est un bon bout de temps, et beaucoup le comprennent lorsqu'une chose pareille arrive. Peut-être l'aurais-je également comprise, Tom. Mais il a été trop lâche pour me le dire. Il ne m'en a pas dit un mot.

L'homme l'écoutait, sans la regarder. Il lui tournait le dos et regardait au-dehors, regardait le bourrelet vert de la digue qui courait en un vaste arc de cercle jusqu'à l'horizon.

---

4. **Mitleid mit jemandem haben :** *avoir pitié de.* **Mitleid erregen, erwecken :** *éveiller.* Calque du français *compassion, compatir* (latin : *cum-patior*, partager la souffrance de, souffrir avec).
5. **fort :** aucune ressemblance avec le mot français autre que graphique. Le **o** allemand est ouvert et bref et le **t** est sonorisé. (a) idée de départ, d'absence (c'est le cas ici). **Er ist seit vorgestern fort :** *absent depuis avant-hier.* **Wir müssen fort :** *il faut que nous partions.* (b) idée de continuation : **fort/setzen (te, t) :** *continuer, poursuivre.* **Die Fortsetzung. Fortsetzung folgt :** *la suite au prochain numéro.*
6. **feige :** *peureux, lâche.* **Die Feigheit.** Ne pas confondre avec **die Feige (n) :** *la figue.* **Der Feigenbaum(¨e) :** *le figuier.*
7. **der Bogen(¨) :** *courbe, détour, arc.* **Der Rundbogen :** *plein cintre (roman).* **Der Spitzbogen :** *ogive (gothique).* **Warum machst du einen Bogen um sie ?** *pourquoi fais-tu un détour pour l'éviter ?*

Ein Schwarm[1] von Seevögeln kam von den Prielen draußen im Watt zurück, segelte knapp über den Deich und fiel in jähem Sturz in das Schilf den Torfteichen ein. Sein Blick lief suchend über das Watt zur Hallig, wo sich jetzt der wandernde Punkt lösen mußte ; jetzt mußte er die Rückwanderung antreten, um vor der Flut auf dem Deich zu sein : Er war nicht zu erkennen.

"Und du bist zwei Jahre bei ihm geblieben", sagte der Mann. "So lange hast du es ausgehalten und nichts getan".

"Ich habe zwei Jahre gebraucht, um zu begreifen[2], was passiert ist. Bis heute morgen hat es gedauert. Als ich ihn begleiten sollte, habe ich es gemerkt, Tom, und du hast mir geholfen dabei, ohne daß du es wolltest. Du hast aus Mitleid oder aus[3] schlechtem Gewissen[4] verlangt[5], daß ich ihn begleiten sollte".

"Er ist immer noch nicht zu sehen", sagte der Mann. "Wenn er vor der Flut hier sein will, müßte er jetzt zu erkennen sein".

Er öffnete das Fenster, befestigte[6] es gegen den Widerstand des Windes mit eisernen Haken und blickte über das Watt.

"Tom", sagte sie", oh, Tom. Laß uns weggehen von hier, irgendwohin. Laß uns etwas tun, Tom. Ich habe so lange gewartet".

"Du hast dir lange etwas vorgemacht[7]", sagte er, "du hast versucht, etwas zu vergessen, und dabei hast du gewußt, daß du es nie vergessen kannst".

---

1. **der Schwarm (⸚e)** : *essaim, troupe, volée.* **Ein Schwarm Bienen** : *essaim,* **Kinder** : *ribambelle.* **Schwärmen (te, t)** : (a) *bourdonner, essaimer ;* (b) **für** + acc. : *s'enthousiasmer, avoir le béguin pour, s'enticher de.* **Er schwärmt für Blondinen, für Italien.**
2. **begreifen (i, i)** : ici, synonyme de **verstehen** : *saisir, comprendre.* Autre sens : *inclure.* **Bedienung inbegriffen** : *service compris.* **Der Begriff (e)** : *concept, notion.* **Im Begriff sein** : *sur le point de.* **Sie war im Begriff umzuziehen** *(déménager).*
3. **aus** : un des sens principaux est l'expression de la cause : **aus Mitleid** : *par pitié ;* **aus Neugier** : *par curiosité ;* **aus Verzweiflung** : *par désespoir ;* **aus Eifersucht** : *par jalousie.*
4. **das Gewissen** : *la conscience (morale).* **Gewissensbisse** (plur.) : *les remords.* **Die Gewissensfreiheit** : *liberté de conscience, de culte.* **Nach bestem Gewissen** : *en toute conscience.* A ne pas

Une volée d'oiseaux de mer revenait des ruisseaux morts dans le Watt, mettait le cap juste au-dessus de la digue et s'abattait en une chute brutale dans les roseaux près des étangs des anciennes tourbières. Son regard errait sur le Watt en direction de la Hallig en quête de l'endroit où le point errant devait maintenant se distinguer. C'est maintenant qu'il lui fallait se remettre en route pour parvenir à la digue avant la marée : on ne le distinguait toujours pas.

— Et tu es restée deux ans avec lui, dit l'homme ; tu as enduré tout cela si longtemps et n'as rien fait.

— J'ai eu besoin de deux années pour comprendre ce qui s'est passé. Jusqu'à ce matin. Quand j'ai voulu l'accompagner, je m'en suis rendu compte et tu m'y as aidée, Tom, sans le vouloir. Tu as exigé, par pitié ou par mauvaise conscience, que je l'accompagne.

— On ne le voit toujours pas, dit l'homme. S'il veut être ici avant la marée, on devrait l'apercevoir maintenant.

Il ouvrit la fenêtre, la fixa avec des crochets de fer pour la protéger du vent et regarda le Watt.

— Tom, dit-elle, oh, Tom, partons d'ici, n'importe où. Faisons quelque chose, Tom. J'ai attendu si longtemps.

— Tu t'es longtemps fait des idées, dit-il, tu as tenté d'oublier quelque chose et tu savais pourtant bien que tu ne pourrais jamais oublier.

---

confondre avec *la conscience psychologique* : **das Bewußtsein. Das Bewußtsein verlieren** : *perdre connaissance.* **Bewußtlos** : *sans connaissance.*

5. **verlangen (te, t)** : *exiger, demander.* **Diese Arbeit verlangt wenigstens eine Woche. Sie werden am Telefon verlangt** : *on vous demande au téléphone.*

6. **befestigen (te, t)** : *fixer, attacher.* **Die Wäsche mit Klammern an der Leine befestigen** : *fixer le linge au cordeau avec des pinces à linge.* **Die Festung** : *la citadelle.* **Fest** : *fixe, solide, stable.* **Ein festes Einkommen** : *un revenu fixe.*

7. **(sich) vor/machen** : ici *se faire illusion, (s') en faire accroire.* **Du kannst mir doch nichts vormachen** : *pas question de m'en faire accroire.*

"Ja", sagte sie, "ja, Tom. So etwas kann kein Mensch vergessen. Wenn er es mir gleich gesagt hätte, als er zurückkam, wäre alles leichter gewesen. Ich hätte ihn verstanden, vielleicht, wenn er nur ein Wort gesagt hätte."

"Gib mir das Fernglas [1]", sagte er.

Die Frau zog das Fernglas vom Bettpfosten, gab es ihm mit dem ledernen Etui, und er öffnete es, hob das Glas und suchte schweigend das Watt ab.

"Ich kann ihn nicht finden", sagte der Mann, "und im Westen kommt die Flut."

Er sah die Flut in langen Stößen [2] von Westen herankommen, flach und kraftvoll über das Watt hinziehend ; sie rollte vor, verhielt [3] einen Augenblick, als ob sie Atem schöpfe, und stürzte sich in Rinnen und Priele und kam dann wieder schäumend aus ihnen hervor, bis sie die eiserne Spundwand erreichte, sich sammelte und hochstieg an ihr und unmittelbar neben dem schrägen [4] Steinufer weiterzog, so daß die dunkle Fläche des Watts gegen Osten hin abgeschnitten [5] wurde.

"Die Flut ist pünktlich", sagte er. "Auch dein Mann war pünktlich bisher, aber ich kann ihn jetzt nicht sehen."

"Laß [6] uns weggehen von hier, Tom, irgendwohin."

"Er kann es nicht mehr schaffen ! Hörst du, was ich sage ? Er ist abgeschnitten von der Flut, weißt du das ?"

"Ja, Tom."

"Er war jeden Tag pünktlich zurück, lange vor der Flut. Warum ist er noch nicht da ? Warum ?"

"Seine Uhr, Tom", sagte sie, "seine Uhr geht heute nach."

---

1. **das Glas :** (a) *matériau.* **Geschliffenes Glas** : *verre dépoli.* **Geh weg, du bist doch nicht aus Glas!** : *tu n'es pas transparent.* **Du trägst dicke Gläser** : *des verres de lunettes épais.* (b) *contenant.* **Ein Glas Bier, Milch, Orangensaft. Ein leeres ≠ volles Glas. Aus einem Kristallglas trinken** : *boire dans un verre en cristal.* Distinguer : **ein Glas Bier** : *un verre de* et **ein Bierglas** : *un verre à.*

2. **der Stoß (¨e) :** *coup, secousse, choc.* **Die Stoßstange** : *parechoc.* **Die Stoßzeiten** : *les heures de pointe.* **Stoßen (ö, ie, o) auf** + acc. : *heurter.* **Das Schiff ist auf einen Felsen gestoßen** : *a heurté un rocher.* **Auf unvorhergesehene Schwierigkeiten stoßen** : *rencontrer, se heurter à des difficultés imprévues.*

3. **verhalten (ä, ie, a) :** *retenir, contenir.* **den Schritt verhalten** : *s'arrêter un instant* ; **mit verhaltenem Zorn** : *avec une colère contenue.* **Sich verhalten** : *se conduire, se comporter.* **Sich passiv, vor-**

— Oui, dit-elle, oui, Tom. Personne ne peut oublier une chose pareille. S'il me l'avait dit tout de suite à son retour, tout aurait été plus facile. Je l'aurais compris, peut-être, même s'il n'avait dit qu'un seul mot.

— Donne-moi les jumelles, dit-il.

La femme prit les jumelles accrochées au montant du lit, les lui donna avec l'étui noir. Il l'ouvrit, leva les jumelles et explora le Watt du regard.

— Je n'arrive pas à le trouver, dit l'homme, et à l'ouest la marée monte.

Il voyait la marée, venant de l'ouest, se rapprocher en longs coups de bélier, progressant sur le Watt, étale et puissante, interrompant un instant son roulement comme pour reprendre haleine, se précipitant dans les rigoles et les ruisseaux morts, en ressortir écumante jusqu'au moment où, atteignant le mur briseur de lames, elle rassembla ses forces, partit à l'assaut et poursuivit sa course le long de la rive oblique en pierre de sorte que l'étendue sombre du Watt en direction de l'est était maintenant complètement isolée.

— La marée est à l'heure, dit-il. Ton mari aussi l'était toujours jusqu'à présent, mais maintenant je ne peux plus le voir.

— Partons d'ici, Tom, n'importe où.

— Il n'y arrivera plus ! Entends-tu ce que je te dis ? La marée lui barre le chemin, le sais-tu ?

— Oui, Tom.

— Tous les jours il était de retour à l'heure, bien avant la marée. Pourquoi n'est-il pas encore là ? Pourquoi ?

— Sa montre, Tom, dit-elle, aujourd'hui sa montre retarde.

---

sichtig : *avec prudence*, **ruhig** : *avec calme*, **falsch ≠ richtig verhalten.**

4. **schräg :** *oblique, incliné* ≠ **gerade. Die Schrägschrift** : *italique.* **Das Schrägkreuz** : *croix de St André.* **Die gerade Zahl** : *nombre pair.* **Gerade das Gegenteil** : *tout le contraire.* **Sie kam gerade vom Friseur** : *elle arrivait tout juste de chez le coiffeur.*

5. **ab/schneiden (i, i)** tr. **: den Weg abschneiden** : *barrer l'accès.* Fig. : **jemandem das Wort abschneiden** : *couper la parole à qqun.* Intr. : **beim Abitur gut / schlecht abschneiden** : *réussir / échouer.* **Bei den letzten Wahlen hat er gut abgeschnitten** : *aux dernières élections il a obtenu un bon score.*

6. **Laß uns weg gehen! Lassen** est ici une sorte d'auxiliaire de l'impératif qui peut s'employer dans un style plus relevé : **laß uns gehen** au lieu de **gehen wir!**

WOLFGANG BORCHERT
(1921-1947)

Nachts schlafen die Ratten doch

Mais les rats dorment la nuit

Qui parle encore aujourd'hui de ce pur représentant d'une génération perdue, trahie, massacrée ? Rongé par la guerre, la prison et la maladie, il ne survécut que deux ans à la fin d'un régime qui l'avait condamné à mort par deux fois pour défaitisme et antinazisme. Il mourut en Suisse la veille du succès à Hambourg, sa ville natale, de sa pièce : *Devant la porte (Draußen vor der Tür).*

Très tôt on connut les 400 pages de l'œuvre complète dans la monde entier et le Japon, en particulier, lui fit un accueil chaleureux. Par contre, la réception de son œuvre en France se fit longtemps attendre. On rechignait alors à se faire une image contrastée de la littérature allemande et de l'Allemagne où le défi, la révolte et la résistance avaient aussi leur place.

Ce n'est pas par hasard si la première édition française de la majeure partie de son œuvre (1962) fut préfacée par Heinrich Böll lui-même.

Das hohle [1] Fenster in der vereinsamten Mauer gähnte blaurot voll früher Abendsonne. Staubgewölke flimmerte zwischen den steilgereckten Schornsteinresten. Die Schuttwüste [2] döste.

Er hatte die Augen zu [3]. Mit einmal wurde es noch dunkler. Er merkte, daß jemand gekommen war und nun vor ihm stand, dunkel, leise. Jetzt haben sie mich! dachte er. Aber als er ein bißchen blinzelte, sah er nur zwei etwas ärmlich [4] behoste Beine. Die [5] standen ziemlich krumm [6] vor ihm, daß er zwischen ihnen hindurchsehen konnte. Er riskierte [7] ein kleines Geblinzel an den Hosenbeinen hoch und erkannte einen älteren [8] Mann. Der hatte ein Messer und einen Korb in der Hand. Und etwas Erde an den Fingerspitzen [9].

Du schläfst hier wohl, was? fragte der Mann und sah von oben auf das Haargestrüpp herunter.

Jürgen blinzelte zwischen den Beinen des Mannes hindurch in die Sonne und sagte: Nein, ich schlafe nicht. Ich muß hier aufpassen.

Der Mann nickte: So, dafür hast du wohl den großen Stock da?

Ja, antwortete Jürgen mutig [10] und hielt den Stock fest.

Worauf paßt du denn auf?

Das kann ich nicht sagen.

Er hielt die Hände fest um den Stock.

Wohl auf Geld, was?

Der Mann setzte den Korb ab und wischte das Messer an seinem Hosenboden hin und her.

---

1. **hohl :** *creux.* **In der hohlen Hand :** *dans le creux de la main.* **Der Hohlziegel** : *brique creuse.* **Die Höhle :** *caverne, grotte.* Ne pas confondre avec **die Höhe :** *hauteur, altitude ;* adj. : **hoch ;** ni avec **die Hölle** : *l'enfer.*

2. **die Wüste :** *désert,* (fig.) *solitude.* **In der Wüste predigen :** *prêcher dans le désert.* **Ein wüstes Durcheinander** : *un fouillis indescriptible.* **Verwüsten (te, t) :** *dévaster, ravager.*

3. **zu** a ici le sens de *fermer.* Cf. plus loin : **der Mann klappte das Messer zu.**

4. **ärmlich** de **arm, ärmer, der/die/das Ärmste** : *nécessiteux, misérable.*

5. **die :** employé ici avec le sens d'un démonstratif, à la place de **diese.**

6. **krumm** ≠ **gerade. Eine krumme Nase** : *nez aquilin.* **Der krumme Stab** : *crosse (de l'évêque).* **krumme Geschäfte :** *affaire*

Au milieu du mur délaissé la fenêtre béante était là tel un bâillement dans l'éclat rouge et bleu d'un précoce coucher de soleil. Un nuage de poussière vibrait dans l'air entre quelques restes de cheminée encore debout. Le désert des décombres somnolait.

Il avait les yeux clos. Soudain il fit encore plus sombre derrière ses paupières. Il se rendit compte que quelqu'un était là, devant lui, une tache sombre, qui ne faisait pas de bruit. Cette fois, ils m'ont eu, pensa-t-il. Et pourtant, non, lorsqu'il entrouvrit un rien les yeux, il ne vit qu'une paire de jambes empantalonnées de façon assez minable. Elles étaient là devant lui plutôt torses si bien que son regard passait sans peine entre elles deux. Il se risqua de nouveau à cligner un peu des yeux : remontant le long du pantalon, ils aperçurent un homme d'un certain âge. Il avait un couteau et un panier à la main. Et un peu de terre au bout des doigts.

— Tu dors ici, hein ? demanda l'homme en regardant la chevelure ébouriffée en dessous de lui.

Jürgen cligna des yeux et fixa le soleil entre les jambes de l'homme et lui dit :

— Non, je ne dors pas. Je suis là pour surveiller.

L'homme fit un signe de la tête.

— Ah ! c'est pour cela que tu as ce gros bâton ?

— Oui, répondit bravement Jürgen en serrant fort son bâton.

— Qu'est-ce que tu peux bien surveiller ?

— Je ne peux pas le dire.

Il serrait son bâton fermement dans ses mains.

— Sûrement de l'argent, non ?

L'homme posa le panier par terre, essuya son couteau en le frottant à plusieurs reprises contre le fond de son pantalon.

---

louche. **Sich vor Lachen krümmen** : *rire à se tordre (les côtes).*
7. **riskieren (te, t)/riskant/das Risiko (en). Ein/kein Risiko eingehen (sein)** : *(ne) prendre un (aucun) risque.* **Auf eigenes Risiko** : *à ses risques et périls.*
8. sens particulier du comparatif allemand, analogue à ce qui se passe en latin : *assez, passablement.*
9. autres composés avec **Finger : der Fingerhut** : *dé à coudre ;* **der Fingernagel** : *ongle ;* **die Fingersprache** : *langue des sourds-muets ;* **das Fingerspitzengefühl** : *tact.*
10. **mutig** : *brave, courageux* ≠ **mutlos** : *découragé ;* de **der Mut (zu)** : *le courage (de qqch.).* **Der Grossmut** : *la générosité ;* **der Gleichmut** : *l'impassibilité.*

Nein, auf Geld überhaupt nicht, sagte Jürgen verächtlich. Auf etwas ganz anderes.

Na, was denn?

Ich kann es nicht sagen. Was anderes eben.

Na, dann nicht. Dann sage ich dir natürlich auch nicht, was ich hier im Korb habe.

Der Mann stieß mit dem Fuß an den Korb und klappte das Messer zu.

Pah, kann [1] mir denken, was in dem Korb ist, meinte Jürgen geringschätzig [2], Kaninchenfutter.

Donnerwetter, ja! sagte der Mann verwundert, bist ja ein fixer [3] Kerl. Wie alt bist du denn?

Neun.

Oha, denk mal an, neun also. Dann weißt du ja auch, wieviel drei mal neun sind, wie?

Klar [4], sagte Jürgen, und um Zeit zu gewinnen [5], sagte er noch: Das ist ja ganz leicht. Und er sah durch die Beine des Mannes hindurch. Dreimal neun, nicht? fragte er noch mal, siebenundzwanzig. Das wußte [6] ich gleich.

Stimmt [7], sagte der Mann, genau soviel Kaninchen habe ich.

Jürgen machte einen runden Mund: Siebenundzwanzig?

Du kannst sie sehen. Viele sind noch ganz jung. Willst du?

Ich kann doch nicht. Ich muß doch aufpassen, sagte Jürgen unsicher.

Immerzu [8] ? fragte der Mann, nachts auch?

Nachts auch. Immerzu. Immer. Jürgen sah an den krummen Beinen hoch. Seit Sonnabend schon, flüsterte er.

---

1. **Kann mir denken :** ellipse du sujet en style parlé familier.
2. **gering :** *peu important, minime, faible.* **Ein geringes Einkommen** : *un revenu modique.* **In geringer Entfernung** : *à peu de distance.* **Ich habe nicht die geringste Ahnung** : *je n'ai pas la moindre idée.* **In geringem Maß** : *dans une faible mesure.*
3. **fix :** *prompt, prêt.* **Ich bin fix und fertig** : *fin prêt.*
4. très employé dans le langage parlé familier, de même que **alles klar** : le *OK* du franglais, *pas de problème, mais oui, bien sûr, naturellement.*
5. **gewinnen (a, o) :** entre autres sens : (a) *gagner, acquérir, conquérir.* **Eine Wette** *(pari)*, **Zeit** *(du temps)*, **eine Schlacht** *(une bataille)* **gewinnen. Geschmack an** (+ dat.) **gewinnen** : *prendre goût à qqch.* (b) *extraire, tirer* : **Zucker aus Rüben gewinnen** :

— Non, c'est pas du tout de l'argent, dit Jürgen avec mépris. C'est tout autre chose.

— Alors, c'est quoi ?

— Je ne peux pas le dire. Mais voilà, c'est autre chose.

— Bon, alors ne le dis pas. Eh bien, moi, je ne vais pas te dire non plus ce que j'ai là dans mon panier.

L'homme poussa le panier du pied et ferma son couteau.

— Bah, facile à deviner, ce qu'il y a dans le panier, dit Jürgen dédaigneux. C'est de l'herbe à lapin.

— Sapristi, oui, dit l'homme étonné, tu es un malin, toi. Quel âge as-tu ?

— Neuf ans.

— Oh la la, songe un peu, neuf ans. Sais-tu aussi combien font trois fois neuf ?

— Bien sûr, dit Jürgen, et pour gagner du temps, il ajouta : c'est tout simple. (Et son regard se portait au loin entre les jambes de l'homme.) Trois fois neuf, hein ? demanda-t-il encore. Vingt-sept. Je l'ai su tout de suite.

— C'est juste, dit l'homme. C'est exactement ce que j'ai de lapins.

Jürgen arrondit la bouche :

— Vingt-sept ?

— Tu peux les voir. Beaucoup sont encore tout petits. Veux-tu ?

— Mais je ne peux pas. Il faut que je surveille, dit-il, perdant de l'assurance.

— Tout le temps ? demanda l'homme. La nuit aussi ?

— La nuit aussi. Tout le temps. Toujours. (Son regard remonta le long du pantalon.) Depuis samedi, chuchota-t-il.

---

sucre de betteraves. Ne pas confondre avec **verdienen (te, t)** : *gagner (un salaire)* → **der Verdienst** : *gain, profit,* et *mériter* : **Lob verdienen** : *mériter des éloges* → **das Verdienst** : *le mérite.*

6. **wußte** de **wissen** : **ich weiß, wir wissen.** Ressemble aux auxiliaires de mode par la morphologie du présent (alternance singulier / pluriel : **ich kann / wir können**...) mais l'infinitif complément — s'il y en a un — est précédé de **zu**.

7. **stimmen** : *accorder (un instrument de musique), concorder, être juste, voter.* **Die Rechnung stimmt nicht** : *la facture n'est pas exacte.*

8. **immerzu** : **immerzu ging die Tür auf** : *la porte s'ouvrait sans arrêt.*

Aber gehst du denn gar nicht nach Hause? Du mußt doch essen.

Jürgen hob einen Stein hoch. Da lag ein halbes Brot. Und eine Blechschachtel [1].

Du rauchst? fragte der Mann, hast du denn eine Pfeife?

Jürgen faßte seinen Stock fest an und sagte zaghaft: Ich drehe [2]. Pfeife mag ich nicht.

Schade, der Mann bückte sich zu seinem Korb, die Kaninchen hättest du ruhig mal ansehen können. Vor allem die Jungen. Vielleicht hättest du dir eines [3] ausgesucht [4]. Aber du kannst hier ja nicht weg.

Nein, sagte Jürgen traurig, nein, nein.

Der Mann nahm den Korb und richtete sich auf.

Na ja, wenn du hierbleiben mußt — schade [5].

Und er drehte sich um.

Wenn du mich nicht verrätst [6], sagte Jürgen da schnell, es ist wegen den Ratten.

Die krummen Beine kamen einen Schritt zurück: Wegen den Ratten [7] ?

Ja, die essen doch von Toten. Von Menschen. Da leben sie doch von.

Wer sagt das?

Unser Lehrer.

Und du paßt nun auf die Ratten auf? fragte der Mann.

Auf die doch nicht! Und dann sagte er ganz leise: Mein Bruder, der liegt nämlich da unten. Da. Jürgen zeigte mit dem Stock auf die zusammengesackten Mauern. Unser Haus kriegte [8] eine Bombe. Mit einmal war das Licht weg im Keller. Und er auch. Wir haben noch gerufen. Er war viel kleiner als ich. Erst vier. Er muß hier ja noch sein. Er ist doch viel kleiner als ich.

---

1. **das Blech** : *la tôle*. **Das Wellblech** : *tôle ondulée*. Penser à **Die Blechtrommel** : *Le Tambour*, le bestseller de Günter Grass.

2. **den Kopf, einen Film, eine Kurbel** *(manivelle)* **drehen** : *tourner*. **Eine Drehorgel** : *orgue de Barbarie* ; **eine Drehscheibe** : *une plaque tournante* (aussi au fig.) ; **Amsterdam gilt als die Drehscheibe des Drogenhandels in Europa. Worum dreht es sich?** = **Worum geht es?** *de quoi s'agit-il ?*

3. **eines (k)einer / (k)einen — (k)eine / (k)eine — (k)eines (eins) / (k) eines (eins)** : pronom indéfini, est du genre du nom qu'il représente et se met au cas voulu par sa fonction, ici **das Kaninchen** : *prends-en un* **(eins von den Kaninchen). Hast du schon Romane von Th. Mann gelesen? Nein, noch keinen.**

— Et tu ne rentres pas du tout à la maison ? Il faut bien que tu manges tout de même.

Jürgen souleva une pierre. Il y avait un demi-pain dessous et une boîte en fer.

— Tu fumes ? demanda l'homme, as-tu donc une pipe ?

Jürgen serra fort son bâton et dit en hésitant :

— Je les roule. J'aime pas la pipe.

— Dommage, l'homme se pencha vers son panier, tu aurais pu regarder tranquillement les lapins, surtout les petits. Peut-être que tu t'en serais choisi un. Mais tu ne peux pas partir d'ici.

— Non, dit Jürgen, tout triste, non, non.

L'homme prit son panier et se redressa.

— Bon, eh bien, s'il faut que tu restes ici — tant pis.

Et il se retourna.

— Si tu ne me trahis pas, dit Jürgen vite, c'est à cause des rats.

Les jambes torses reculèrent d'un pas :

— A cause des rats ?

— Mais oui, ils mangent les morts. Les gens morts. C'est de ça qu'ils vivent.

— Qu'est-ce qui dit cela ?

— Notre maître.

— Et c'est pour cela que tu surveilles les rats ? demanda l'homme.

— Non, pas eux. Et il ajouta tout bas : mon frère, il est là-dessous. Là, et avec son bâton, Jürgen indiqua les murs effondrés. Notre maison a pris une bombe. Et tout d'un coup la lumière a disparu de la cave. Et lui avec. Nous avons appelé. Il était bien plus petit que moi. Seulement quatre ans. Il doit encore être là. Il est bien plus petit que moi.

---

4. **(sich) aus / suchen** (+ dat.) **:** *trier, choisir* = **aus / wählen. Du hast dir aber einen schönen Anzug ausgesucht** : *eh bien, tu t'es choisi un magnifique costume.*

5. **Schade** (≠ **zum Glück**) : *tant pis, (c'est) dommage.* **Der Schaden (¨)** : *mal, dommage, dégât.* **Der Schadenersatz** : *dédommagement.*

6. **verraten (ä, ie, a). der Verrat. der Verräter.**

7. Penser à **Die Ratten**, la pièce de G. Hauptmann (1911), à **Der Rattenfänger von Hameln.**

8. **kriegen (te, t) :** syn. familier de **erhalten, bekommen. Wir haben schon lange keine Post von dir gekriegt. Er ist nicht tot zu kriegen :** *il est infatigable, increvable.*

Der Mann sah von oben auf das Haargestrüpp.

Aber dann sagte er plötzlich: Ja, hat euer Lehrer euch denn nicht gesagt, daß die Ratten nachts schlafen?

Nein, flüsterte Jürgen und sah mit einmal ganz müde aus, das hat er nicht gesagt.

Na, sagte der Mann, das ist aber ein Lehrer, wenn er das nicht mal weiß. Nachts kannst du ruhig nach Hause [1] gehen. Nachts [2] schlafen sie immer. Wenn [3] es dunkel wird, schon.

Jürgen machte mit seinem Stock kleine Kuhlen in den Schutt.

Lauter kleine Betten sind das, dachte er, alles kleine Betten. Da sagte der Mann (und seine krummen Beine waren ganz unruhig dabei): Weißt du was? Jetzt füttere [4] ich schnell meine Kaninchen, und wenn es dunkel wird, hole ich dich ab. Vielleicht kann ich eins mitbringen. Ein kleines oder, was meinst du?

Jürgen machte kleine Kuhlen in den Schutt.

Lauter kleine Kaninchen. Weiße, graue, weißgraue. Ich weiß nicht, sagte er leise und sah auf die krummen Beine, wenn sie wirklich nachts schlafen.

Der Mann stieg über die Mauerreste weg auf die Straße. Natürlich, sagte er von da, euer Lehrer soll einpacken [5], wenn er das nicht mal weiß.

Da stand Jürgen auf und fragte: Wenn ich eins kriegen kann? Ein weißes vielleicht?

Ich will mal versuchen, rief der Mann schon im Weggehen, aber du mußt hier solange warten. Ich gehe dann mit dir nach Hause, weißt du? Ich muß deinem Vater doch sagen, wie so ein Kaninchenstall gebaut wird. Denn das müßt ihr ja wissen.

---

1. Une phrase française comme celle-ci, en l'absence de tout contexte, est impossible à traduire : *elle est allée chez elle.* S'il s'agit de son amie (a) **Sie ist zu ihr gegangen**. S'il s'agit de son propre domicile (b) **Sie ist nach Hause gegangen.** C'est le cas ici. Même ambiguïté avec : *elle resta chez elle :* (a) **Sie blieb bei ihr** ou (b) **Sie blieb zu Hause.**

2. **nachts :** penser à **tags, morgens, abends, vormittags, nachmittags, montags** : *le lundi = tous les lundis.*

3. **wenn** à opposer à **als. Wenn** : *quand, chaque fois que* ; **als** : *quand,* événement singulier du passé : **als sein Vater starb, war er 10 Jahre alt**. Ne pas oublier le **wenn** conditionnel. Présent : **Es wäre schön, wenn alle Menschen genug zum Essen hätten.** Passé :

L'homme regarda la chevelure ébouriffée en dessous de lui.

— Et votre instituteur ne vous a pas dit que les rats dorment la nuit ?

— Non, chuchota Jürgen et tout à coup il eut l'air très fatigué. Il n'a pas dit ça.

— Eh bien, dit l'homme, c'en est un de maître, s'il ne sait pas ça ! La nuit tu peux tranquillement rentrer à la maison. Ils dorment toujours la nuit, dès qu'il fait sombre.

Jürgen faisait avec la pointe de son bâton des petits trous dans les gravats.

Rien que des petits lits, pensa-t-il, tout ça, des petits lits. Et l'homme lui dit (à ce moment-là ses jambes torses s'agitèrent nerveusement) :

— Sais-tu quoi ? Je vais vite donner à manger à mes lapins et lorsqu'il fera sombre, je viendrai te chercher. Je pourrai peut-être en prendre un. Un petit ou — qu'est-ce que tu en penses ?

Jürgen faisait des petits trous dans les gravats.

— Rien que des petits lapins, des blancs, des gris, des gris-blancs. Je ne sais pas, dit-il tout bas et il regarda les jambes torses. Mais si c'est vrai qu'ils dorment la nuit.

L'homme enjamba ce qui restait de mur et gagna la rue.

— Bien sûr, dit-il de là, votre maître doit faire ses valises, s'il ne sait pas cela.

A ces mots Jürgen se leva et demanda :

— Et si je peux en avoir un ? un blanc peut-être ?

— Je vais voir, dit l'homme qui s'en allait déjà, mais il faut que tu attendes ici. J'irai après chez toi, tu sais. Il faut que je dise à ton père comment on bâtit une cage à lapins. Parce que ça il faut que vous le sachiez.

Wenn er gewußt hätte, hätte er Jura studiert : *il aurait fait du droit.*
4. **füttern (te, t)** : *donner à manger (à des animaux), doubler (un vêtement).* **Das Futter** : *fourrage, doublure.*
5. **ein/packen** : *faire ses valises* ≠ **aus/packen** : *défaire ses valises.* **Um/packen:** *refaire ses valises.*

Ja, rief Jürgen, ich warte. Ich muß ja noch aufpassen, bis es dunkel wird. Ich warte bestimmt. Und er rief: Wir haben auch noch Bretter [1] zu Hause. Kistenbretter, rief er.

Aber das hörte der Mann schon nicht mehr. Er lief mit seinen krummen Beinen auf die Sonne zu [2]. Die war schon rot vom [3] Abend, und Jürgen konnte sehen, wie sie durch die Beine hindurchschien [4], so krumm waren sie. Und der Korb schwenkte aufgeregt hin und her [5]. Kaninchenfutter war da drin. Grünes Kaninchenfutter, das war etwas grau vom Schutt.

---

1. **das Brett(er) :** *planche,* (fig.) *les planches (théâtre).* **Das Bücherbrett** : *rayon* ; **das Schachbrett** : *échiquier.* **Die Bretter betreten :** *monter sur les planches, sur la scène.* Familier : **Er hat ein Brett vor dem Kopf** : *il est bouché.*
2. **zu :** un des sens principaux de **zu** comme part. sép. : indique la direction : *aller vers* (**auf** + acc.).
3. **von :** une des valeurs de **von**, la cause. **Wir waren alle müde von der langen Wanderung.** Même sens quelques lignes plus loin : **grau vom Schutt.**
4. **hindurch :** (lieu) *à travers,* (temps) *durant.* **Das ganze Jahr hindurch** : *pendant toute l'année.*

— Oui, dit Jürgen, je vais attendre. Il faut que je surveille jusqu'à la nuit. C'est sûr, je vais attendre. Et il cria : nous avons encore des planches à la maison. Des planches de caisses en bois.

Mais l'homme ne l'entendait déjà plus. Il marchait avec ses jambes torses en direction du soleil. Le soir l'avait déjà fait tout rouge et Jürgen pouvait bien le voir entre les deux jambes, tellement elles étaient torses. Et le panier bringueballait de droite et de gauche. Il y avait de l'herbe à lapin dedans. De l'herbe verte, un peu grise à cause des gravats.

---

5. **hin und her.** Couple antithétique à haute fréquence. **Wo gehst du hin? Wo kommst du her?** : *où ?, d'où ?* **Ein Hin und Her** : *un va-et-vient.* **Einmal München hin- und zurück :** *un aller-retour Munich.* Ils entrent en composition avec prép. et part. pour déterminer de façon très précise les positions respectives des différents partenaires du discours. Par ex. idée d'éloignement en descendant : **hinab/hinunter**, en montant : **hinauf**. Idée de rapprochement en descendant : **herab/herunter,** en montant : **herauf.**

MAX FRISCH

Der andorranische Jude

Le Juif d'Andorre

Né à Zurich en 1911, architecte de formation, écrivain passionné, Max Frisch est un des auteurs dramatiques marquants du présent.

Son œuvre littéraire, qui s'étend sur une cinquantaine d'années, est traduite dans plus de trente-sept pays et lui a valu quantité d'honneurs et de prix, en particulier, en 1965, celui de la ville de Jérusalem et, en 1976, le prix de la Paix, décerné à l'occasion de la Foire internationale du Livre de Francfort/Main.

Eternel voyageur, il a vécu à Zurich, Berlin, Rome, San Francisco, New York, a séjourné en URSS, en Amérique latine, en Chine et n'eut rien de plus pressé, la paix revenue, lui qui n'avait été ni victime ni bourreau, que de revoir l'Allemagne de ses propres yeux.

C'est peut-être dans ses *Tagebücher* que se manifestent de la façon la plus fascinante la critique implacable qu'il exerce vis-à-vis de lui-même et surtout l'immense richesse d'une pensée ouverte sur le monde et libre de tout préjugé. On y trouve esquissés en germe des thèmes développés ultérieurement sous forme de romans ou de drames. C'est le cas de ces deux pages qui sont le schéma de ce qui deviendra sans doute sa pièce la plus célèbre et la plus jouée dans le monde : *Andorra*. Il s'y attaque au problème du préjugé social en mettant en scène de façon impitoyable le poids de l'opinion et l'extrême fragilité de l'individu.

In Andorra lebte ein junger Mann, den man für einen Juden hielt [1]. Zu erzählen wäre die vermeintliche Geschichte seiner Herkunft, sein täglicher Umgang mit den Andorranern, die in ihm den Juden sehen: das fertige [2] Bildnis, das ihn überall erwartet. Beispielsweise ihr Mißtrauen [3] gegenüber seinem Gemüt, das ein Jude, wie auch die Andorraner wissen, nicht haben kann. Er wird auf die Schärfe seines Intellektes verwiesen, der sich eben dadurch schärft, notgedrungen. Oder sein Verhältnis [4] zum Geld, das in Andorra auch eine große Rolle spielt: er wußte, er spürte, was alle wortlos [5] dachten; er prüfte [6] sich, ob es wirklich so war, daß er stets [7] an das Geld denke, er prüfte sich, bis er entdeckte, daß es stimmte, es war so, in der Tat, er dachte stets an das Geld. Er gestand es; er stand dazu, und die Andorraner blickten sich an, wortlos, fast ohne ein Zucken der Mundwinkel. Auch in Dingen des Vaterlandes wußte er genau, was sie dachten; sooft er das Wort in den Mund genommen, ließen sie es liegen wie eine Münze [8], die in den Schmutz gefallen ist. Denn der Jude, auch das wußten die Andorraner, hat Vaterländer, die er wählt, die er kauft, aber nicht ein Vaterland wie wir, nicht ein zugeborenes [9], und wiewohl er es meinte, wenn es um andorranische Belange ging, er redete in ein Schweigen hinein, wie in Watte. Später begriff er, daß es ihm offenbar an Takt fehlte, ja, man sagte es ihm einmal rundheraus, als er, verzagt über ihr Verhalten, geradezu leidenschaftlich wurde.

---

1. **halten (ä, ie, a) für** + acc. : *tenir qqun pour ;* **sich halten für :** *se prendre pour.* **Man hält ihn für einen guten Deutschlandkenner** : *on le prend pour, il passe pour un bon connaisseur de l'Allemagne.* **Er hält sich für unentbehrlich** : *indispensable.*
2. **fertig :** *fini, achevé, prêt.* **Bist du mit der Küchenarbeit fertig? :** *as-tu achevé ton travail à la cuisine ?* **Das Fertighaus** : *maison préfabriquée.* **Das Fertigessen** : *plat préparé.* **Das Essen ist fertig :** *le repas est prêt.*
3. **das Mißtrauen** ≠ **das Vertrauen** ; de **trauen** ; **Er traute seinen Augen nicht** : *il n'en croyait pas ses yeux.*
4. **sein Verhältnis zum.** Attention à la rection des noms. Quelques exemples : **die Vorliebe für** : *préférence ;* **die Liebe zu** : *l'amour de ;* **der Haß gegen** : *la haine de ;* **der Mut zu** : *le courage de ,* **die Hoffnung auf** : *l'espoir de.*
5. **wortlos** — suffixe qui exprime l'*absence de* et que l'on rencontre fréquemment **mutlos** : *découragé* , **heimatlos** : *apatride* , **arbeitslos** : *chômeur* , **zwecklos** : *inutile* , **sinnlos** : *absurde.*

Il y avait à Andorre un jeune homme que l'on prenait pour un Juif. Il faudrait raconter l'histoire de son origine présumée, celle de ses rapports quotidiens avec les habitants d'Andorre qui voient en lui le Juif : c'est l'image qu'on s'est faite de lui et qui l'attend à chaque pas. Un exemple : leur méfiance à l'égard de sa manière d'être qui, les gens d'Andorre le savent bien, ne peut pas être celle d'un Juif. On lui fait remarquer l'acuité de son intelligence que cette remarque même rend par la force des choses encore plus perçante. Ou encore son attitude vis-à-vis de l'argent qui, à Andorre aussi, joue certes un grand rôle : il savait bien, il sentait bien ce que tout le monde pensait sans le dire ; il s'examina pour savoir si c'était bien vrai qu'il ne cessait pas de penser à l'argent. Il s'examina jusqu'à ce qu'il découvre que c'était vrai, que c'était un fait, il ne cessait pas de penser à l'argent. Il l'avoua, il ne pouvait pas se renier, et les gens d'Andorre se regardaient sans mot dire, avec à peine un frémissement des lèvres. Il en allait de même avec la patrie : il savait parfaitement ce qu'ils pensaient. Chaque fois qu'il avait le mot à la bouche, ils ne le relevaient pas, comme s'il se fût agi d'une pièce de monnaie tombée dans la boue. Pour la bonne raison que le Juif, et cela aussi les gens d'Andorre le savaient bien, a des patries qu'il choisit, qu'il achète, mais pas une patrie comme nous qui nous est donnée à la naissance, et quel que soit ce qu'il disait lorsque les intérêts d'Andorre étaient en cause, ses propos se perdaient dans le silence, comme dans de la ouate. Il comprit plus tard que de toute évidence il manquait de tact, et même on ne se priva pas de le lui dire un jour que, découragé par leur comportement, il prit un ton carrément passionné.

---

6. **prüfen (te, t) :** *examiner, mettre à l'épreuve.* **Die Prüfung. Eine Prüfung bestehen :** *réussir.* **Bei der Fahrprüfung ist sie durchgefallen :** *elle a échoué au permis de conduire.*
7. **stets** ± **immer :** *constamment.* Adj. correspondant : **stet :** *constant, durable, fixe.* **Die Stetigkeit.**
8. **die Münze(n) :** *monnaie, pièce de monnaie.* **Münze prägen :** *battre monnaie ;* **Münzen sammeln :** *collectionner des pièces.* **Die Münzkunde :** *numismatique.* **Die Münztelefon :** *téléphone à jetons, à pièces.* Ne pas confondre avec **die Mütze(n) :** *bonnet, casquette.* **Die Baskenmütze :** *béret basque.*
9. **gebären (a, o) → die Geburt. Der Geburtstag. Das Geburtstagsfest. Das Geburtstagsgeschenk.** Noter ici un sens particulier de **zu :** *en plus, s'ajouter à.* Penser à la question du contrôleur allemand après chaque arrêt dans une gare : **Wer ist zugestiegen?**

Das Vaterland gehörte [1] den andern, ein für allemal, und daß er es lieben könnte, wurde von ihm nicht erwartet, im Gegenteil, seine beharrlichen Versuche und Werbungen öffneten nur eine Kluft des Verdachtes; er buhlte um eine Gunst, um einen Vorteil, um eine Anbiederung, die man als [2] Mittel zum Zweck empfand auch dann, wenn man selber keinen möglichen Zweck erkannte. So wiederum ging es, bis er eines Tages entdeckte, mit seinem rastlosen und alles zergliedernden Scharfsinn entdeckte, daß er das Vaterland wirklich nicht liebte, schon das bloße [3] Wort nicht, das jedesmal, wenn er es brauchte, ins Peinliche führte. Offenbar hatten sie recht. Offenbar [4] konnte er überhaupt nicht lieben, nicht im andorranischen Sinn; er hatte die Hitze der Leidenschaft, gewiß, dazu die Kälte seines Verstandes, und diesen empfand man als eine immer bereite Geheimwaffe [5] seiner Rachsucht [6]; es fehlte ihm das Gemüt, das Verbindende; es fehlte ihm, und das war unverkennbar, die Wärme des Vertrauens. Der Umgang mit ihm war anregend, ja, aber nicht angenehm, nicht gemütlich. Es gelang [7] ihm nicht, zu sein wie alle andern, und nachdem er es umsonst versucht hatte, nicht aufzufallen [8], trug er sein Anderssein sogar mit einer Art von Trotz, von Stolz und lauernder Feindschaft dahinter, die er, da sie ihm selber nicht gemütlich war, hinwiederum mit einer geschäftigen Höflichkeit überzuckerte; noch wenn er sich verbeugte, war es eine Art von Vorwurf, als wäre die Umwelt daran schuld, daß er ein Jude ist —

---

1. **gehören :** (a) + datif : **Dieses Fachwerkhaus gehört uns seit einem Jahr** : *appartenir*. (b) **zu** + datif : *faire partie de, compter parmi* : **Stimmt das, daß Kuba zu den blockfreien** *(non alignés)* **Nationen gehört?** (c) **an/gehören** + datif : *être membre de*. **Er gehört dem Fußballklub an.**

2. **als :** rappel de son emploi : (a) après un comparatif, (b) comme conj. de sub. : *quand, une fois dans le passé*, (c) **als** = **als ob**, (d) *en tant que, comme*.

3. **bloß :** (a) adj. : *nu, découvert*. **Mit bloßen Füßen** : *pieds nus* ; (b) adv. : **nur. Sag es bloß ihr nicht! :** *ne le lui dis surtout pas*.

4. **offenbar** = **offensichtlich** : *évident, manifeste, notoire*. Ne pas confondre avec **öffentlich** : *public*. **Ein öffentlicher Garten** : *jardin public*. **Öffentliche Verkehrsmittel** : *transports en commun*.

La patrie appartenait bel et bien aux autres, une fois pour toutes, et on n'attendait pas du tout de lui qu'il soit capable de l'aimer, bien au contraire, l'obstination qu'il mettait à s'y efforcer ne servait qu'à creuser entre lui et eux un abîme de suspicion ; il sollicitait là une faveur, un avantage, une familiarité où l'on ne voyait de sa part qu'un moyen pour parvenir à ses fins, même si l'on était dans l'impossibilité d'identifier le but recherché. Et il en fut toujours ainsi, jusqu'à ce qu'il découvrît un jour, grâce à sa perspicacité qui était toujours en train de disséquer toute chose, qu'en effet il n'aimait pas la patrie, et pas même le mot, et que chaque fois qu'il l'employait, il éprouvait un sentiment pénible. De toute évidence, ils avaient raison. De toute évidence, il n'était pas capable d'aimer, du moins pas comme cela se faisait en Andorre ; il possédait bien le feu de la passion mais on ressentait cela comme l'arme secrète de sa vengeance, toujours prête à entrer en action. Ce qui lui manquait c'était le cœur, ce qui crée des liens. Ce qui lui manquait, et on ne pouvait pas s'y tromper, c'était la chaleur de la confiance. Le contact avec lui était, bien sûr, stimulant, mais pas agréable, pas cordial. Il ne réussissait pas à ressembler à tous les autres et après avoir essayé, mais en vain, de ne pas trancher sur les autres, il fit montre de son altérité et même avec, comme à l'arrière-plan, une sorte de défi, de fierté et d'hostilité aux aguets qu'il saupoudrait — parce qu'elle était à lui-même assez pénible — d'une politesse empressée. Et même lorsqu'il faisait la révérence, c'était comme s'il vous faisait un reproche, comme si ceux qui l'entouraient étaient coupables de ce qu'il était juif.

---

5. **die Geheimwaffe, geheim** : *caché, secret, occulte.* **Insgeheim** : *en secret* ; **das Geheimnis** : *le secret.* **Ein öffentliches Geheimnis** : *un secret de Polichinelle.*
6. **(sich) rächen (te, t) für** : *(se) venger de.* **Rachsüchtig** : *vindicatif* ; **die Rache** : *la vengeance.* Ne pas confondre avec **der Rachen** : *le gosier, le pharynx.*
7. **es gelingt mir, es gelang mir, es ist mir gelungen. Es gelingt ihr immer nocht nicht schnell zu tippen** : *elle ne parvient toujours pas à taper vite à la machine.* **Dein Kuchen war wirklich gelungen** : *ton gâteau était vraiment une réussite.*
8. **auf/fallen (ä, ie, a, sein)** : *frapper, sauter aux yeux.* **Ihr Wiener Akzent fiel mir sofort auf** : *son accent viennois m'a tout de suite frappé.*

Die meisten Andorraner taten ihm nichts.

Also auch nichts Gutes [1].

Auf der andern Seite gab es auch Andorraner eines freieren und fortschrittlichen Geistes, wie sie es nannten, eines Geistes, der sich der Menschlichkeit verpflichtet fühlte: sie achteten den Juden, wie sie betonten, gerade um seiner jüdischen Eigenschaften willen [2], Schärfe des Verstandes und so weiter. Sie standen zu [3] ihm bis zu seinem Tode, der grausam gewesen ist, so grausam und ekelhaft, daß sich auch jene Andorraner entsetzten, die es nicht berührt hatte, daß schon das ganze Leben grausam war. Das heißt, sie beklagten ihn eigentlich nicht, oder ganz offen gesprochen: sie vermißten ihn nicht — sie empörten sich nur über jene, die ihn getötet hatten, und über die Art, wie das geschehen war, vor allem die Art.

Man redete lange davon.

Bis es sich eines Tages zeigt, was er selber nicht hat wissen können, der Verstorbene [4]: daß er ein Findelkind [5] gewesen, dessen Eltern man später entdeckt hat, ein Andorraner wie unsereiner —

Man redete nicht mehr davon.

Die Andorraner aber, sooft sie in den Spiegel blickten, sahen mit Entsetzen, daß sie selber die Züge des Judas tragen, jeder von ihnen.

---

1. l'adjectif qui suit **nichts**, **etwas** ou **was** prend une majuscule et se décline. Ex. : **nichts Neues** : *rien de nouveau.* **Ich weiß nichts Schöneres als**... *rien de plus beau que...* Seul **ander** ne prend pas de majuscule : **Weißt du was anderes?** : *Sais-tu autre chose ?*
2. **um... willen** = **wegen** : *à cause de.* **Um Gottes willen** : *pour l'amour du ciel !*
3. **stehen... zu :** un de ces verbes de base de la langue dont les dérivés et les composés remplissent des colonnes de dictionnaires. Ici, avec la préposition **zu** : *être aux côtés de, assister.*
4. **verstorben :** *décédé.* **Die Verstorbenen** : *les défunts.* De **sterben (i, a, o + sein). Eines natürlichen Todes sterben** : *de sa belle mort.* **An der Grippe sterben** : *de la grippe.*

La plupart des habitants d'Andorre ne lui faisaient pas de mal. Mais pas de bien non plus.

Il y avait aussi une autre catégorie d'habitants d'Andorre qui faisaient preuve d'un esprit plus libre et de progrès, d'un esprit qui, comme ils le désignaient, se reconnaissait des devoirs à l'égard de l'humanité : ils respectaient le Juif, comme ils le soulignaient, justement pour ses qualités de Juif, pour son acuité intellectuelle, etc. Ils prenaient fait et cause pour lui, jusqu'à sa mort qui fut atroce, si atroce et écœurante, que même les habitants d'Andorre en furent révoltés qui, jusque-là, ne s'étaient pas émus de voir que toute sa vie avait été atroce. Cela signifie qu'à vrai dire ils ne le plaignaient pas, ou pour parler franc, qu'ils ne déplorèrent pas son absence. Ce qui les indigna seulement ce furent ceux qui l'avaient tué, la manière dont c'était arrivé, avant tout, la manière.

On en parla longtemps.

Jusqu'à ce qu'un jour on apprit, ce que lui, le défunt, n'avait pas pu savoir, qu'il avait été un enfant trouvé, dont plus tard on avait découvert les parents, et qu'il avait été un habitant d'Andorre comme nous autres...

On n'en parla plus du tout.

Mais les habitants d'Andorre, chaque fois qu'il leur arrivait de se regarder dans un miroir, voyaient avec épouvante qu'ils avaient les traits de Judas, et que chacun d'entre eux les avait.

---

5. de **finden (a, u) :** *trouver.* **Wir müssen einen Ausweg finden :** *il faut que nous trouvions une issue.*

HEINRICH BÖLL

Mein trauriges Gesicht

Mon visage triste

Heinrich Böll (1917-1985), un Rhénan de Cologne, fait partie de ce petit nombre d'écrivains allemands auxquels fut décerné (1972) le prix Nobel de Littérature.

Il fut et reste un auteur-clé de la littérature allemande de l'après-guerre *(Wo warst du Adam ? Haus ohne Hüter...)*, connu, traduit et apprécié dans le monde entier.

Mieux encore, il a été, selon une expression célèbre, « plus qu'un écrivain » : une figure morale critique et parfois encombrante de la jeune République fédérale, une institution, même aux yeux de ceux qui ne partageaient pas ses engagements, un catholique sans ménagement pour une structure ecclésiale qu'il trouvait souvent trop liée au pouvoir.

Marqué jeune par l'horreur du fascisme et de la dictature, cet écrivain, humble d'esprit, aux accents volontiers plébéiens, donne avec prédilection la parole aux pauvres et aux offensés *(L'Honneur perdu de Katarina Blum...)*.

Avec *Mein trauriges Gesicht* nous avons affaire à une critique acerbe où chaque trait, bien sûr exagéré à dessein, montre jusqu'à quel point de sottise, d'absurdité et de cruauté peut conduire, dans une dictature, la revendication totalitaire de décider des moindres faits et sentiments des citoyens.

Als ich am Hafen stand, um[1] den Möwen zuzusehen, fiel mein trauriges Gesicht einem Polizisten auf, der in diesem Viertel die Runde zu gehen hatte. Ich war ganz versunken[2] in den Anblick der schwebenden Vögel, die vergebens aufschossen und niederstürzten, nach etwas Eßbarem[3] zu suchen. Der Hafen war verödet, grünlich das Wasser, dick von schmutzigem Öl, und in seiner krustigen Haut schwamm allerlei weggeworfener Krempel; kein Schiff war zu sehen, die Krane verrostet, Lagerhallen verfallen; nicht einmal Ratten schienen die schwarzen Trümmer am Kai zu bevölkern, still war es. Viele Jahre schon war jede Verbindung nach außen abgeschnitten.

Ich hatte eine bestimmte Möwe ins Auge gefaßt[4], deren Flüge[5] ich beobachtete. Ängstlich wie eine Schwalbe, die das Unwetter ahnt, schwebte sie meist nahe der Oberfläche des Wassers, manchmal nur wagte sie kreischend den Sturz nach oben, um ihre Bahn mit der der Genossen zu vereinen. Hätte[6] ich einen Wunsch aussprechen können, so wäre mir ein Brot das liebste gewesen, es den Möwen zu verfüttern, Brocken zu brechen und den planlosen Flügen einen weißen Punkt zu bestimmen, ein Ziel[7] zu setzten, auf das sie zufliegen würden; dieses kreischende Geschwebe wirrer Bahnen zu straffen durch den Wurf eines Brotstückes, hineinpackend in sie wie in eine Zahl von Schnüren, die man rafft.

---

1. Trois prépositions peuvent introduire un groupe infinitif : **anstatt, ohne, um. Er ging weg, ohne sich zu verabschieden** : *prendre congé.* **Sie blieben in den Vogesen, anstatt nach Mallorca zu fliegen. Er fuhr nach München, um seinen Sohn zu besuchen. Zu** précède immédiatement le verbe. S'il est à particule séparable, **zu** se met entre la particule et le verbe.

2. **versunken** de **versinken (a, u)** : *s'enfoncer, couler.* **In den Wellen versunken** : *englouti par les flots.* **In Gedanken versunken** : *absorbé, pensif.* **Versenken (te, t)** : *envoyer par le fond.*

3. **eßbar.** Quelques adjectifs ayant le même suffixe : **trinkbar** : *buvable* ; **lesbar** : *lisible* ; **un/sichtbar** : *in/visible* ; **fruchtbar** : *fertile* ; **furchtbar** : *effrayant.*

4. **ins Auge fassen** : *fixer des yeux, avoir en vue.* **Aus den Augen, aus dem Sinn** : *loin des yeux, loin du cœur.* **In die Augen fallen** : *frapper* ; **mit blassem Auge** : *à l'œil nu.*

Comme j'étais dans le port pour regarder les mouettes, mon visage triste attira l'attention d'un policier qui était de ronde dans ce quartier-là. J'étais complètement absorbé par la vue de ces oiseaux qui fonçaient vers le ciel et piquaient vers le sol, cherchant en vain de la nourriture. Le port était devenu un désert et à la surface de l'eau glauque, que l'huile sale avait rendue épaisse, flottait, comme sur un épiderme couvert de croûtes, un bric-à-brac d'objets qu'on y avait jetés pour s'en débarrasser. Pas de navire, les grues avaient rouillé, les entrepôts s'étaient écroulés et on avait l'impression que même les rats avaient abandonné les ruines sinistres des quais. C'était le silence. Depuis des années déjà tout contact avec l'extérieur était interrompu.

Mon regard s'était fixé sur une mouette dont j'observais le vol. Inquiète comme une hirondelle qui pressent le mauvais temps, elle planait la plupart du temps au ras de l'eau et ne se risquait que par intervalles, en poussant des cris aigus, à foncer vers le haut pour rejoindre le vol de ses congénères. Mon vœu le plus cher, si j'avais eu la possibilité d'en exprimer un, ç'aurait été d'avoir un pain, pour donner à manger aux mouettes. J'en aurais brisé des petits morceaux qui seraient devenus autant de cibles blanches pour leur vol désordonné, autant de buts à atteindre vers lesquels elles se dirigeraient. Introduire de la rigueur dans ce bercement d'oiseaux criards aux trajectoires sauvages, par le simple jet d'un morceau de pain, intervenir comme s'il s'agissait d'un écheveau de ficelles que l'on veut démêler.

---

5. **der Flug (¨e). Das Flugzeug** : *l'avion* ; **der Flughafen (¨)** *aéroport*. De **fliegen (o, o, sein)** : **Er fliegt heute abend nach Frankfurt** : *il prend l'avion ce soir pour Francfort.*

6. Rappel de l'irréel :
— du présent : **würdest du zu uns kommen, so würden wir uns sehr freuen.**
— du passé : **wärest du zu uns gekommen, so hätten wir uns sehr gefreut.**

7. **das Ziel (e)** : (a) *destination.* **Der Zielbahnhof/das Reiseziel** ; (b) *but (à atteindre), objectif (visé).* **Ein kurz-/langfristiges Ziel** : *objectif à court/long terme.* **Sich ein Ziel setzen** : *se fixer un objectif.* **Die Zielgruppe** : *cible (en publicité).* **Zielsicher** : *sans hésitation.*

Aber auch ich war hungrig wie sie, auch müde, doch glücklich trotz meiner Trauer [1], denn es war schön, dort zu stehen, die Hände in den Taschen, den Möwen zuzusehen und Trauer zu trinken.

Plötzlich aber legte sich eine amtliche [2] Hand auf meine Schulter, und eine Stimme sagte: "Kommen Sie mit!" Dabei versuchte die Hand, mich an der Schulter zu zerren und herumzureißen. Ich blieb stehen, schüttelte sie ab und sagte ruhig: "Sie sind verrückt [3]."

"Kamerad", sagte der immer noch Unsichtbare zu mir, "ich warne [4] Sie."

"Mein Herr", gab ich zurück.

"Es gibt keine Herren", rief er zornig. "Wir sind alle Kameraden." Und nun trat er neben [5] mich, blickte mich von der Seite an, und ich war gezwungen, meinen glücklich schweifenden Blick zurückzuholen und in seine braven Augen zu versenken: er war ernst wie ein Büffel, der seit Jahrzehnten nichts anderes gefressen hat als die Pflicht.

"Welchen Grund [6]...", wollte ich anfangen...

"Grund genug", sagte er, "Ihr trauriges Gesicht."

Ich lachte.

"Lachen Sie nicht!" Sein Zorn war echt [7]. Erst hatte ich gedacht, es sei ihm langweilig gewesen, weil keine unregistrierte Hure [8], kein taumelnder Seemann, nicht Dieb noch Durchbrenner zu verhaften war, aber nun sah ich, daß es ernst war: er wollte mich verhaften.

---

1. **die Trauer :** *affection, deuil, tristesse.* **Der Trauerfall** : *décès ;* **die Trauerkleidung** : *habits de deuil.* **Die Trauerweide** : *le saule pleureur.* **Trauern um** : *pleurer qqun.* Ne pas confondre avec **trauen** : (a) **jemandem** : *faire confiance à ;* (b) **jemanden** : *marier.*
2. **das Amt (¨e) :** *poste, fonction, charge.* **Amtlich** : *officiel.* **Das Postamt** : *bureau de poste ;* **das Finanzamt** : *perception ;* **das Gemeindeamt** : *mairie.*
3. **verrückt :** *fou, extravagant, saugrenu.* **Eine verrückte Idee** : *une idée saugrenue.* **Ein Verrückter** : *un fou, un dément.* **Der Lärm macht mich ganz verrückt** : *le bruit me rend fou.*
4. **warnen (te, t) :** *mettre en garde, avertir.* **Die Warnanlage** : *dispositif d'alarme.* **Vor Taschendieben wird gewarnt !** : *attention aux pickpockets !* **Warnung vor dem Hund !**
5. **neben.** **Der Nebenverdienst/erwerb** : *gains annexes ;* **die**

Mais tout comme elles j'étais affamé, j'étais fatigué aussi et pourtant heureux en dépit de ma tristesse, car c'était beau d'être là debout, les mains dans les poches à regarder les mouettes et à savourer ma tristesse.

Mais tout à coup l'administration posa une main sur mon épaule et sa voix me dit :

— Suivez-moi.

Et en même temps la main essayait de me tirer par l'épaule et de me faire faire demi-tour. Je m'arrêtai, secouai la main de mon épaule et dis d'un ton calme :

— Vous êtes fou.

— Camarade, dit celui qui m'était toujours invisible, je vous mets en garde.

— Monsieur, répliquai-je.

— Il n'y a pas de Messieurs, s'écria-t-il en colère, nous sommes tous camarades.

Il se mit alors à côté de moi, me regarda de biais et je fus bien forcé de faire revenir mon regard qui à l'instant encore s'étendait au loin avec bonheur et de le plonger dans ses braves yeux : il était sérieux comme un buffle qui depuis des dizaines d'années n'a rien d'autre que son devoir à se mettre sous la dent.

— Quelle raison... allai-je commencer...

— Raison suffisante, dit-il, votre visage triste.

Je ris.

— Ne riez pas !

Sa colère n'était pas feinte. J'avais cru d'abord qu'il s'ennuyait du fait de n'avoir personne à mettre en prison, pas de putain en situation irrégulière, pas de matelot en goguette, ni de voleur ni d'évadé, mais je vis que c'était sérieux, il voulait m'interner.

Nebenkosten : *frais annexes, faux frais* ; **der Nebenfluß** : *affluent* ; **eine Nebensache** : *une chose secondaire*.

6. **der Grund (¨e).** Deux sens principaux : (a) *fond, sol*. **Der Grund des Meeres. Die Grundsteuer** : *impôt foncier*. **Die Grundlage** : *base, fondement*. (b) *motif, raison*. **Aus welchem Grund ?** : *pour quelle raison ?* **Er hat keinen Grund, daran zu zweifeln** : *pas de raison d'en douter*.

7. **echt ≠ künstlich** : *véritable ≠ artificiel, faux*. **Ein echter Vermeer, Perser** : *tapis persan*, **Nerz** : *vison*. **Künstliche Blumen, Tränen** : *de crocodile*, **Nieren** : *reins*.

8. Attention à ne pas mettre par un zèle linguistique malencontreux un **h** aspiré là où il n'en faut pas et à confondre, dans la prononciation, par exemple **die Uhr** : *montre* et **die Hure** : *prostituée, putain*.

"Kommen Sie mit...!"

"Und weshalb?" fragte ich ruhig.

Ehe [1] ich mich versehen hatte, war mein linkes Handgelenk mit einer dünnen Kette umschlossen, und in diesem Augenblick wußte ich, daß ich wieder verloren war.

Ein letztes Mal [2] wandte ich mich zu den schweifenden Möwen, blickte in den schönen grauen Himmel und versuchte, mich mit einer plötzlichen Wendung ins Wasser zu stürzen [3], denn es schien mir doch schöner, selbst in dieser schmutzigen Brühe [4] zu ertrinken [5], als irgendwo auf einem Hinterhof von ihren Schergen erdrosselt oder wieder eingesperrt zu werden. Aber der Polizist hatte mich mit einem Ruck so nahe gezogen, daß kein Entweichen mehr möglich war.

"Und weshalb?" fragte ich noch einmal.

"Es gibt das Gesetz [6], daß Sie glücklich zu sein haben."

"Ich bin glücklich!" rief ich.

"Ihr trauriges Gesicht...", er schüttelte den Kopf.

"Aber dieses Gesetz ist neu", sagte ich.

"Es ist sechsunddreißig Stunden alt, und Sie wissen wohl, daß jedes Gesetz vierundzwanzig Stunden nach seiner Verkündigung in Kraft tritt."

"Aber ich kenne es nicht."

"Kein Schutz vor Strafe [7]. Es wurde vorgestern verkündet, durch alle Lautsprecher, in allen Zeitungen, und denjenigen", hier blickte er mich verächtlich an, "denjenigen, die weder der Segnungen der Presse noch der des Funkes teilhaftig sind, wurde es durch Flugblätter bekanntgegeben, über allen Straßen des Reiches wurden sie abgeworfen.

---

1. **ehe = bevor** : *avant que.* Ne pas oublier que l'allemand n'a pas la possibilité de dire *avant de* + infinitif. **Seit eh und je = schon immer** : *depuis toujours.* Ne pas confondre avec **die Ehe** : *le mariage (la communauté conjugale). Le mariage (la noce)* : **die Hochzeit.** *L'acte légal* : **die Heirat.**

2. **nächstes Mal** : *la prochaine fois* ; **manches Mal** : *bien des fois* ; **mehrmals** : *plusieurs fois.* **Jedes Mal, wenn** : *chaque fois que* ; **jedes dritte Mal** : *une fois sur trois* ; **zum allerletzten Mal** : *pour la toute dernière fois.*

3. **stürzen (te, t, sein)** : *tomber (violemment), faire une chute.* **Die Boeing stürzte ins Meer. Er stürzte von der Leiter und brach sich ein Bein** : *il tomba de l'échelle et se cassa une jambe.* **Der**

— Suivez-moi !

— Et pourquoi ? demandai-je tranquillement.

En moins de temps qu'il n'en faut pour le dire, mon poignet gauche se trouva pris dans une chaînette et, à cet instant, je sus qu'à nouveau j'étais perdu. Une dernière fois, je me tournai vers les mouettes, regardai la beauté de ce ciel gris et, opérant un brusque mouvement circulaire, tentai de me précipiter dans l'eau, car à tout prendre, il me semblait plus beau de mourir noyé dans cette mélasse infecte plutôt que d'être étranglé par ces sbires dans quelque arrière-cour ou d'être à nouveau emprisonné. Mais d'une secousse le policier m'avait attiré si près de lui qu'il n'y eut plus d'échappatoire.

— Et pourquoi ? demandai-je encore une fois.

— Il y a la loi qui vous fait obligation d'être heureux.

— Mais je suis heureux, criai-je.

— Votre visage triste... dit-il, en secouant la tête.

— Mais cette loi est nouvelle, dis-je.

— Elle a trente-six heures et vous savez bien que toute loi entre en vigueur vingt-quatre heures après sa promulgation.

— Mais je ne la connais pas.

— Cela ne vous met pas à l'abri de la sanction. Elle a été promulguée avant-hier, par tous les haut-parleurs, dans tous les journaux et à l'intention de tous ceux qui (à ces mots il me jeta un regard de mépris) ne sont pas encore en mesure de bénéficier des bienfaits de la presse et de la radio, elle a été annoncée par des tracts, on les a distribués sur toutes les routes de l'empire.

Sturz (einer Regierung, der Temperatur). Ne pas confondre avec **stützen (te, t)** : *soutenir.*

4. **die Brühe :** *bouillon, sauce.* **Gemüsebrühe** : *bouillon de légumes.* **Der Brühwürfel** : *cube Maggi.*

5. **ertrinken (a, u, sein) :** *se noyer, périr dans un naufrage.* **Sich ertränken (te, t)** : *se noyer (volontairement).*

6. **das Gesetz (e) :** *la loi.* **Im Namen des Gesetzes. Ein Gesetz befolgen** : *observer,* **verletzen** : *violer,* **umgehen** : *tourner.* **Der Gesetzentwurf (¨e)** : *projet de loi.* **Die Gesetzgebungsgewalt = die Legislative** : *pouvoir législatif.*

7. **die Strafe (n) :** *sanction, punition, peine.* **Das Strafgeld** : *amende ;* **das Strafporto** : *surtaxe ;* **das Strafurteil** : *condamnation pénale.* **Zur Strafe für** : *en punition de.*

Es wird sich also zeigen, wo Sie die letzten sechsunddreißig Stunden verbracht [1] haben, Kamerad."

Er zog mich fort. Jetzt erst [2] spürte ich, daß es kalt war und ich keinen Mantel hatte, jetzt erst kam mein Hunger richtig hoch und knurrte vor der Pforte des Magens, jetzt erst begriff ich, daß ich auch schmutzig war, unrasiert, zerlumpt, und daß es Gesetze gab, nach denen jeder Kamerad sauber, rasiert, glücklich und satt zu sein hatte. Er schob [3] mich vor sich her wie eine Vogelscheuche, die, des Diebstahls überführt, die Stätte ihrer Träume am Feldrain hat verlassen müssen. Die Straßen waren leer, der Weg zum Revier nicht weit, und obwohl [4] ich gewußt hatte, daß sie bald wieder einen Grund finden würden, mich zu verhaften, so wurde mein Herz doch schwer, denn er führte mich durch die Stätten [5] meiner Jugend, die ich nach der Besichtigung des Hafens hatte besuchen wollen: Gärten, die voll Sträucher gewesen waren, schön von Unordnung, überwachsene Wege — alles dieses war nun planiert, geordnet, sauber viereckig für die vaterländischen Verbände hergerichtet, die montags, mittwochs und samstags hier ihre Aufmärsche durchzuführen hatten [6]. Nur der Himmel war wie früher und die Luft wie in jenen Tagen, da mein Herz voller Träume gewesen war.

Hier und da im Vorübergehen sah ich, daß in mancher Liebeskaserne schon das staatliche Zeichen für jene ausgehängt wurde, die mittwochs [7] an der Reihe [8] waren, der hygienischen Freude teilhaftig [9] zu werden;

---

1. **verbringen (verbrachte, hat verbracht) :** *passer (temps, vacances).* **Ich würde gern ein paar Monate in Kanada verbringen.** Fait partie de cette catégorie de verbes dits mixtes parce qu'ils ont la marque des forts (modification du radical) et des faibles (en particulier la terminaison du participe passé en t au lieu de en) : **rennen, denken, bringen.**

2. **erst :** *seulement.* **Er kommt erst in einer Stunde** : *il n'arrivera que dans une heure.* Indique une restriction par rapport à un point du temps : pas plus tôt que dans une heure. Comparer **erst** et **nur** dans les deux phrases suivantes : **meine Schwester hat nur zwei Kinder** : *elle n'en aura plus d'autre ;* et **meine Schwester hat erst zwei Kinder** : *elle n'en a que deux pour le moment.*

3. **schieben (o, o) :** *pousser, faire glisser.* **Einen Tisch an die Wand schieben** : *pousser contre le mur.* **Die Schiebetür** : *porte coulissante ;* **das Schiebedach. Verschieben (o, o)** : *déplacer, manœuvrer.* **Der Verschiebebahnhof** : *gare de triage.*

Et on verra bien justement où vous avez passé ces dernières trente-six heures, Camarade.

Il m'entraîna. Et c'est alors seulement que je me rendis compte qu'il faisait froid et que je n'avais pas de manteau, c'est alors seulement que la faim se fit sentir et grognait à la porte de mon estomac, c'est alors seulement que je compris aussi que j'étais sale, pas rasé, en loques et qu'il y avait des lois selon lesquelles chaque camarade a le devoir d'être propre, rasé, heureux et bien nourri. Il me poussa devant lui comme un épouvantail à moineaux qu'on aurait pris en flagrant délit de chapardage et contraint d'abandonner le bord du chemin où il rêvait. Les rues étaient vides, et il n'y avait pas loin jusqu'au commissariat. Tout en sachant bien qu'ils allaient avoir vite fait de trouver une nouvelle raison de m'emprisonner, mon cœur était lourd, car ce chemin traversait les lieux de mon enfance qu'après ma visite au port je m'étais promis de revoir. Des jardins, jadis pleins d'arbustes, dont le désordre faisait la beauté, des allées couvertes de végétation, tout cela avait été aplani, ordonné, nettoyé, mis au carré, aménagé pour les associations patriotiques qui, le lundi, le mercredi et le samedi, étaient tenues de défiler ici. Seul le ciel était comme autrefois, l'air comme en ces jours-là où mon cœur était gonflé de rêves.

Ici et là, je vis en passant qu'à plusieurs casernes d'amour était accroché le panneau officiel à l'intention de ceux dont c'était le tour aujourd'hui comme chaque mercredi de prendre part à la joie par l'hygiène.

---

4. **obwohl = obschon = obgleich** : *bien que, quoique.* A la différence de ce qui se passe en français, ces conjonctions n'entraînent pas le subjonctif en allemand. **Obwohl er sich beeilte, verpaßte er den Zug nach Köln** : *bien qu'il se soit hâté.*
5. **die Stätte** : *endroit, place.* Ici, non dépourvu d'ironie. **Die Gedenkstätte (n)** : *lieu commémoratif* : par ex. : **das Wohnhaus von Freud in Wien** ou bien **das Geburtshaus von Beethoven in Bonn sind Gedenkstätten. Die Arbeitsstätte** : *lieu de travail.*
6. **haben + zu +** inf. : *avoir à, devoir.* **In der Kaserne hatte man nur Befehle auszuführen** : *ordres à exécuter.*
7. **mittwochs** : le **s** indique une habitude, une règle : *le mercredi, chaque mercredi, tous les mercredis.* De même : **tags, nachts, morgens, abends, vormittags.**
8. **die Reihe (n)** : *rang, rangée, tour.* **Er saß in der dritten Reihe** : *assis au 3e rang.* **Wer kommt an die Reihe ?** : *à qui le tour ?* **Der Reihe nach** : *à tour de rôle.*
9. **teilhaftig** : expression rare, employée certainement à dessein et de façon ironique. Plus courant : **teil/nehmen an** + dat.

auch manche Kneipen schienen bevollmächtigt, das Zeichen des Trunkes schon auszuwerfen, ein aus Blech gestanztes Bierglas, das in den Farben des Reiches quergestreift war: hellbraun-dunkelbraun-hellbraun.
Freude herrschte sicher schon in den Herzen derer [1], die in der staatlichen Liste der Mittwochstrinker geführt wurden und des Mittwochsbieres teilhaftig werden würden.

Allen Leuten, die uns begegneten, haftete [2] das unverkennbare Zeichen des Eifers an, das dünne Fluidum der Emsigkeit umgab [3] sie, um so mehr wohl, da sie den Polizisten erblickten; alle gingen schneller, machten ein vollkommen pflichterfülltes Gesicht, und die Frauen, die aus den Magazinen kamen, waren bemüht, ihren Gesichtern den Ausdruck jener Freude zu verleihen [4], die man von ihnen erwartete, denn es war geboten [5], Freude zu zeigen, muntere Heiterkeit über die Pflichten der Hausfrau, die abends den staatlichen Arbeiter mit gutem Mahl [6] zu erfrischen angehalten war.

Aber alle diese Leute wichen uns geschickt [7] aus, so daß keiner unmittelbar unseren Weg zu kreuzen gezwungen war; wo sich Spuren von Leben auf der Straße zeigten, verschwanden sie zwanzig Schritte von uns, jeder bemühte sich, schnell in ein Magazin einzutreten oder um eine Ecke zu biegen, und mancher mag ein ihm unbekanntes Haus betreten und hinter der Tür ängstlich gewartet haben, bis unsere Schritte verhallt waren.

Nur einmal, als wir gerade eine Straßenkreuzung passierten, begegnete uns ein älterer [8] Mann, an dem ich flüchtig die Abzeichen des Schulmeisters erkannte;

---

1 **derer :** gén pl. du démonstratif · *de ceux-là, qui.* A ne pas confondre avec celui du pronom relatif **deren** : *dont* **Die Investionen, deren Finanzierung Schwierigkeiten bereitet** : *dont le financement fait difficulté* **Das Unternehmen, dessen Tor geschlossen ist** : *l'entreprise dont la porte est fermée.*

2. **an/haften (te, t) :** *adhérer, coller* **Haften bleiben** : *rester collé.* **Ihr teures Parfüm haftet ihrer Garderobe immer noch an.**

3 **umgeben (i, a, e) :** *entourer* **Der Fußballplatz ist von Scheinwerfen umgeben** : *entouré de projecteurs.*

4 **verleihen (ie, ie) :** *prêter, accorder, conférer.* **Ein Buch, ein Boot, einen Titel verleihen. Bootverleih** : *location de barques.*

Plusieurs bistrots également semblaient avoir le droit d'afficher l'emblème de la boisson, un verre à bière en tôle estampillée en diagonale aux couleurs de l'empire : marron clair, marron foncé, marron clair. La joie était certainement déjà au cœur de tous ceux-là qui figuraient sur la liste officielle des buveurs du mercredit et qui allaient avoir leur part de la bière du mercredi.

Tous ceux que nous rencontrions portaient l'empreinte évidente du zèle qu'accompagnait ce fluide léger de l'ardent empressement, ce qui était encore bien plus net dès qu'ils se trouvaient en vue d'un policier ; leur démarche était plus rapide et on lisait alors sur leur visage qu'ils avaient parfaitement conscience de leur devoir, et les femmes, qui sortaient des magasins, s'efforçaient de donner à leur visage l'expression de la joie que l'on attendait d'elles, d'arborer la joie, la gaieté fringante que leur procuraient leurs tâches de ménagères, qui, le soir venu, étaient tenues de restaurer l'ouvrier de l'Etat avec un bon repas.

Mais tous ces gens-là nous évitaient adroitement, de sorte qu'aucun ne se trouvait forcé de croiser notre chemin. Dès que des traces de vie se manifestaient, elles disparaissaient à vingt pas de nous, chacun faisant en sorte d'entrer dans un magasin ou de tourner au coin d'une rue, et il se peut même que plus d'un pénétrât dans une maison qui lui était inconnue et soit ainsi resté sur le qui-vive, derrière la porte, attendant que le bruit de nos pas se soit évanoui.

Une seule fois, juste comme nous traversions un carrefour, nous rencontrâmes un homme d'un certain âge dont je reconnus à son insigne qu'il était instituteur.

---

5. de **gebieten (o, o) :** *ordonner, enjoindre.* **Hier ist Vorsicht geboten** : *ici, la prudence est de rigueur.* **Not kennt kein Gebot** : *nécessité n'a pas de loi.* **Die zehn Gebote Gottes** : *le décalogue.*
6. **das Mahl :** *repas* (style relevé, ici ironique), *festin.* **Das Abendmahl** : *la Cène.* **Mahlzeit !** : *bon appétit !* Ne pas confondre avec **das Mal** : *la fois.* Voir *supra* p. 112, note 2.
7. **die Geschicklichkeit :** *adresse, habileté, talent.*
8. **älter :** comparatif de **alt.** Emploi idiomatique du comparatif qui se traduit par *assez* : **eine ältere Frau** : *assez âgée* et non pas : *une femme âgée.*

er konnte nicht mehr ausweichen und bemühte sich nun, nachdem er erst vorschriftsmäßig [1] den Polizisten gegrüßt hatte (indem er sich selbst zum [2] Zeichen absoluter Demut [3] dreimal mit der flachen Hand auf den Kopf schlug), bemühte er sich also, seine Pflicht [4] zu erfüllen, die von ihm verlangte, mir dreimal ins Gesicht zu speien [5] und mich mit dem obligatorischen Ruf "Verräterschwein" zu belegen. Er zielte gut, doch war der Tag heiß gewesen, seine Kehle mußte [6] trocken sein, denn es trafen mich nur einige kümmerliche, ziemlich substanzlose Flatschen, die ich — entgegen der Vorschrift — unwillkürlich mit dem Ärmel abzuwischen versuchte; daraufhin trat mich der Polizist in den Hintern [7] und schlug mir mit der Faust in die Mitte des Rückgrates, fügte mit ruhiger Stimme hinzu: "Stufe 1", was soviel bedeutete wie: erste, mildeste Form der von jedem Polizisten anwendbaren Bestrafung.

Der Schulmeister war schnell von dannen [8] geeilt. Sonst gelang [9] es allen, uns auszuweichen; nur eine Frau noch, die gerade an einer Liebeskaserne vor den abendlichen Freuden die vorgeschriebene Lüftung vornahm, eine blasse, aufgedunsene Blondine, warf mir flüchtig eine Kußhand zu, und ich lächelte dankbar, während der Polizist sich bemühte, so zu tun, als habe er nichts bemerkt. Sie sind angehalten, diesen Frauen Freiheiten zu gestatten, die jedem anderen Kameraden unweigerlich schwere Bestrafung einbringen würden;

---

1. **die Vorschrift (en)** : *règlement, ordre* ; de **vor/schreiben (ie, ie)** : *prescrire*. **Die Regierung schreibt die Preise mancher Lebensmittel vor** : *les prix de certaines denrées alimentaires*. **Vorschriftsmäßig** : *réglementaire*.
2. Sens analogue dans : **zum Spaß** : *pour rire* ; **zum Dank** : *en signe de reconnaissance* ; **zum Trotz** : *par dépit*.
3. **die Demut** (parenté étymologique avec **dienen** : *servir*) : *humilité, soumission*. **Demütigen (te, t)** : *humilier, abaisser*. **Die Demütigung** : *humiliation*.
4. **die Pflicht** : *devoir (légal, moral), obligation*. **Er tut seine Pflicht, betrachtet es als seine Pflicht, das zu tun** : *considère comme son devoir*. **Die Pflichtversicherung** : *assurance obligatoire*, **der Pflichtbeitrag** : *cotisation obligatoire*. **Die Schulpflicht** : *scolarité obligatoire* ; **die Schweigepflicht** : *obligation au secret professionnel*. **Gebührenpflichtig** : *payant*.

Il lui était impossible de nous esquiver et s'efforça, une fois qu'il eut salué le policier conformément aux prescriptions, c'est-à-dire en se frappant la tête à trois reprises de la paume de la main en signe de soumission intégrale, il s'efforça donc d'accomplir son devoir qui l'obligeait à me cracher trois fois à la figure accompagnant cela de l'injure prescrite : « Cochon de traître ». Il visa juste mais il avait fait très chaud, son gosier devait être sec car je ne reçus que quelques maigres postillons sans consistance que, sans le vouloir mais à l'encontre du règlement, je tentai d'essuyer avec ma manche, ce qui me valut un coup de pied dans le derrière et un coup de poing au milieu du dos de la part du policier qui ajouta d'une voix calme : « Premier degré », ce qui voulait dire à peu près ceci : c'est la 1re forme — et la plus bénigne — de châtiment que peut infliger n'importe quel policier.

L'instituteur s'était rapidement éloigné de nous. En dehors de lui, tout le monde réussit à nous éviter, seule une femme qui était en train, conformément aux prescriptions, d'aérer les pièces d'une caserne d'amour, avant les jouissances vespérales, une blondinette bouffie au teint pâle, m'envoya à la dérobée un baiser de la main, je souris de reconnaissance, le policier de son côté s'efforçait de faire comme s'il n'avait rien remarqué. On leur demande, en effet, d'accorder à ces femmes des libertés qui vaudraient sur-le-champ à n'importe quel autre camarade de lourdes sanctions ;

---

5. **speien (ie, ie). Der Vulkan speit Feuer, Lava. Der Drache spie Feuer. Auf den Boden speien.**
6. Ici aucune trace de contrainte. Exprime seulement une probabilité. **Sie wollte mich anrufen : sie muß es vergessen haben** : *il est possible que, elle doit.*
7. **hinter** (a) prép. **Ich habe ein paar sehr anstrengende Tage hinter mir** : *je viens de passer quelques journées épuisantes.* **Hinter ≠ vor dem Haus.** (b) adj. **Die hintere Reihe** : *la rangée de derrière.* **Der Hintere** : *le derrière.* **Jemandem den Hintern versohlen** : *lui tanner les fesses.*
8. **von dannen :** expression rare (biblique et poétique) = **von dort.**
9. **es gelingt mir, es gelang mir, es ist mir gelungen :** *réussir.* **Es ist mir gelungen, ihn davon zu überzeugen** : *j'ai réussi à l'en persuader.* **Ein gelungenes Bild** : *une photo réussie.*

denn da sie sehr wesentlich zur Hebung der allgemeinen Arbeitsfreude beitragen [1], läßt man sie als außerhalb des Gesetzes stehend gelten ; ein Zugeständnis, dessen Tragweite der Staatsphilosoph Dr. Dr. Dr. Bleigoeth in der obligatorischen Zeitschrift für (Staats-) Philosophie als ein Zeichen beginnender Liberalisierung gebrandmarkt hatte. Ich hatte es am Tage vorher [2] auf meinem Wege in die Hauptstadt gelesen, als ich auf dem Klo eines Bauernhofes einige Seiten der Zeitschrift fand, die ein Student — wahrscheinlich der Sohn des Bauern — mit sehr geistreichen Glossen versehen hatte.

Zum Glück [3] erreichten wir jetzt die Station, denn eben ertönten die Sirenen, und das bedeutete, daß die Straßen überströmen würden von Tausenden von Leuten mit einem milden Glück auf den Gesichtern (denn es war befohlen, bei Arbeitsschluß eine nicht zu große Freude zu zeigen, weil sich sonst erwiese, daß die Arbeit eine Last [4] sei ; Jubel dagegen sollte bei Beginn der Arbeit herrschen, Jubel und Gesang), alle diese Tausende hätten mich anspucken müssen. Allerdings bedeutete das Sirenenzeichen : zehn Minuten vor Feierabend [5], den jeder war angehalten, sich zehn Minuten einer gründlichen Waschung hinzugeben, gemäß [6] der Parole des derzeitigen Staatschefs : Glück und Seife.

Die Tür zum Revier dieses Viertels, einem einfachen Betonklotz, war von zwei Posten bewacht [7], die mir im Vorübergehen die übliche "körperliche Maßnahme" angedeihen ließen :

---

1. **bei/tragen (ä, u, a) zu** + datif : *contribuer à.* **Seine Vorschläge trugen entscheidend** *(de façon décisive)* **zum Gelingen der Firma bei. Der Beitrag (¨e)** : (a) *cotisation.* **Der Jahresbeitrag** : *cotisation annuelle ;* **die Sozialversicherungsbeiträge** : *cotisation aux Assurances Sociales.* (b) *la contribution, la quote-part, l'apport.* **Der Außenbeitrag** : *apport extérieur.* (c) *l'article (revue).* **Diese Zeitschrift veröffentlicht regelmäßig Beiträge über die neuesten Forschungsergebnisse** : *sur les plus récents résultats de la recherche.*
2. **am Tage vorher ≠ am Tage darauf** : *la veille ≠ le lendemain ;* **am folgenden Tag** : *le lendemain ;* **am folgenden Morgen** : *le lendemain matin ;* **spät am Abend** : *à une heure tardive.*
3. **zum Glück** : *heureusement, par chance, par bonheur.* Cf. **das Glück (e)** : (a) *la chance* : **Er hat immer Glück gehabt** : *il a toujours*

et pour cette raison qu'elles contribuent considérablement à accroître la joie que chacun éprouve au travail, on leur accorde un statut à part, en dehors de la loi. Une concession, dont le philosophe officiel, le Dr., Dr., Dr. Bleigoeth, dans le bulletin consacré à la philosophie de l'Etat, avait flétri la portée, y voyant un signe de libéralisme embryonnaire. Je l'avais lu, la veille en me rendant dans la capitale, lorsque j'avais trouvé dans les toilettes d'une ferme quelques pages de cette revue qu'un étudiant, probablement le fils du paysan, avait assorties de commentaires fort spirituels.

Par bonheur, nous atteignîmes alors le poste de police, car juste à ce moment-là les sirènes retentirent, ce qui voulait dire que les rues allaient être inondées de milliers de gens avec une expression de joie modérée sur le visage (il était, en effet, prescrit de ne pas manifester une joie trop grande au moment de la cessation du travail, sinon cela signifierait que le travail est une chose pénible, par contre l'allégresse était de règle en se mettant au travail, allégresse et chants), et ces milliers de gens auraient été obligés de me cracher à la figure. En réalité la sirène indiquait qu'on était encore à dix minutes de la sortie du travail, car chacun était tenu de se livrer dix minutes durant à une toilette approfondie, selon la parole de l'actuel Chef de l'Etat : le bonheur par le savon.

La porte du commissariat de ce quartier, un simple bloc de béton, était gardée par deux sentinelles qui, à mon passage, me firent subir le « châtiment corporel » de rigueur :

---

eu de la chance. (b) *bonheur ;* **glücklich : Er ist glücklich verheiratet** : *heureux en ménage.*
4. **die Last (en).** Penser à **die Nutzlast** : *charge utile ;* **die Höchstlast** : *charge maximale ;* **die Steuerlast** : *charge fiscale.* **Ich möchte Ihnen nicht zur Last fallen** : *ne pas vous être une charge.*
5. **der Feierabend :** *repos après le travail,* de **feiern (te, t). Einen Geburtstag, ein Jubiläum feiern. Der Feiertag** : *le jour férié.*
6. **gemäß :** ici prép. mais également suffixe d'un certain nombre d'adverbes : *conformément à.* Ex. : **ordnungsgemäß** : *réglementaire ;* **pflichtgemäß** : *conforme au devoir ;* **termingemäß** : *dans les délais ;* **programmgemäß** : *suivant le programme.*
7. de **bewachen (te, t)** : *garder, surveiller.* **Die Wache (n)** : *garde, faction, veille.* **Wache haben** : *monter la garde.* **Bei einem Kranken Wache halten** : *veiller un malade.* **Wach** (adj.) : *éveillé, réveillé.* **Wach werden** : *se réveiller.*

sie schlugen mir ihre Seitengewehre heftig gegen die Schläfe und knallten mir die Läufe ihrer Pistolen gegen das Schlüsselbein, gemäß der Präambel zum Staatsgesetz Nr. 1 : "Jeder Polizist hat sich jedem Ergriffenen (sie meinen Verhafteten) gegenüber als Gewalt an sich zu dokumentieren [1], ausgenommen der, der ihn ergreift, da dieser des Glückes teilhaftig werden wird, bei der Vernehmung die erforderlichen körperlichen Maßnahmen vorzunehmen." Das Staatsgesetz Nr. 1 selbst hat folgenden Wortlaut [2] : "Jeder Polizist *kann* jeden bestrafen, er *muß* jeden bestrafen, der sich eines Vergehens [3] schuldig gemacht hat. Es gibt für alle Kameraden keine Straffreiheit, sondern eine Straffreiheitsmöglichkeit."

Wir durchschritten nun einen langen kahlen [4] Flur, der mit vielen großen Fenstern versehen war ; dann öffnete sich automatisch eine Tür, denn inzwischen hatten die Posten unsere Ankunft [5] schon durchgegeben, und in jenen Tagen, da alles glücklich war, brav, ordentlich, und jeder sich bemühte, das vorgeschriebene Pfund Seife am Tage zu verwaschen, in jenen Tagen bedeutete die Ankunft eines Ergriffenen (Verhafteten) schon ein Ereignis [6].

Wir betraten einen fast leeren Raum, der nur einen Schreibtisch mit Telefon und zwei Sessel enthielt, ich selbst hatte mich in die Mitte des Raumes zu postieren ; der Polizist nahm seinen Helm ab und setzte sich.

Erst war Stille und nichts geschah ; sie machen es immer so ; das ist das Schlimmste [7] ; ich spürte, wie mein Gesicht immer mehr zusammenfiel, ich war müde und hungrig, und auch die letzte Spur jenes Glückes der Trauer war nun verschwunden, denn ich wußte, daß ich verloren war.

---

1. **dokumentieren :** *certifier, attester, montrer.* **Das Dokument (e) :** *le document.* **Der Dokumentarfilm.**
2. **der Wortlaut (s) :** *teneur, libellé.* **Wie ist der genaue Wortlaut des Telegramms ?, die Wortfamilie :** *famille de mots* , **das Wortfeld :** *champ sémantique.*
3. **das Vergehen (s) = das Delikt (s, e) :** *délit, crime.* Ne pas oublier un des sens principaux de **vergehen (i, a, sein) :** *passer, s'écouler.* **Am vergangenen Montag :** *lundi dernier* , **vergangenes Jahr :** *l'an passé.* **Wie schnell ist der Urlaub** *(congé)* **vergangen ! Die Zeit vergeht im Flug :** *très vite.*
4. **kahl :** *dégarni, dénudé, chauve.* **Ein kahler Berggipfel :** *som-*

ils me frappèrent à la tempe avec leur baïonnette et firent retentir le canon de leur pistolet contre ma clavicule, conformément au préambule de la Loi n° 1 de l'Etat : « Tout policier est tenu, vis-à-vis de quiconque est capturé (ils veulent dire « arrêté »), d'afficher l'autorité dont il est le représentant, à l'exception de celui qui le capture, car celui-ci jouira en effet, au moment de l'interrogatoire, du bonheur de pouvoir se livrer aux sanctions corporelles nécessaires. » La Loi n° 1 de l'Etat est ainsi libellée : « Chaque policier *a la possibilité* de punir tout le monde, il *est obligé* de punir tout un chacun qui s'est rendu coupable d'un délit. Il n'existe pour aucun camarade d'immunité de châtiment, mais simplement l'éventualité d'une exemption de peine. »

Nous parcourûmes un long couloir nu, avec beaucoup de grandes fenêtres, puis une porte s'ouvrit d'elle-même, car les sentinelles avaient entre-temps fait part de notre arrivée et en ce temps-là où tout le monde était heureux, gentil, ordonné et où chacun s'efforçait d'utiliser chaque jour la livre de savon prescrite, en ce temps-là l'arrivée de quelqu'un qu'on avait capturé (qui avait été arrêté) faisait figure d'événement.

Nous pénétrâmes dans une pièce presque vide, où il n'y avait qu'un bureau avec un téléphone et deux sièges. Il fallut que je me mette au milieu de la pièce. Le policier ôta son casque et s'assit.

Ce fut d'abord le silence et il ne se passa rien. Ils s'y prennent toujours ainsi. C'est ce qu'il y a de pire. Je sentais mon visage se délabrer de plus en plus, j'étais fatigué et j'avais faim, et même cette dernière trace de bonheur que m'avait procurée ma tristesse avait disparu, car je savais que j'étais perdu.

---

met dénudé ; **kahle Gegend** : *désolé* ; **kahle Wände** : *nus* ; **ein Kahlschlag** : *déboisement*.

5. **die Ankunft (¨e)** [cf. **an/kommen (a, o, sein)**] ≠ **die Abfahrt** de **ab/fahren (ä, u, a, sein)**. **Ankunftszeiten** : *l'horaire des arrivées*. **Mit zehn Minuten Verspätung** *(retard)* **wird der Zug aus Frankfurt/Main ankommen. Abfahrtszeiten** : *l'horaire des départs*. **Der Zug nach Wiesbaden fährt auf Gleis 5 ab** : *quai 5*.

6. **das Ereignis (se). Sich ereignen (te, t)** : *arriver, avoir lieu*. **Am Wochenende hat sich nichts Besonderes ereignet** : *rien de particulier pendant le week-end*. **Ein frohes, bedeutendes** : *important*, **unvorgesehenes** : *imprévu*, **entscheidendes** : *décisif*, **Ereignis.**

7. superlatif de **schlimm** : *qqch. qui est tout à la fois fâcheux, gênant, grave*. **Eine schlimme Situation** : *pénible*, **eine schlimme Nachricht** : *grave*. **Im schlimmsten Fall** : *au pire*. **Sich verschlimmern** : *s'aggraver*.

Nach wenigen Sekunden trat wortlos ein blasser, langer Mensch ein, in der bräunlichen Uniform des Vorvernehmers[1]; er setzte sich ohne ein Wort zu sagen hin und blickte mich an.

"Beruf ?"

"Einfacher Kamerad."

"Geboren ?[2]"

"1. 1. eins", sagte ich.

"Letzte Beschäftigung ?"

"Sträfling."

Die beiden blickten sich an.

"Wann und wo entlassen ?"

"Gestern, Haus 12, Zelle 13."

"Wohin entlassen ?[3]"

"In die Hauptstadt."

"Schein[4]."

Ich nahm aus meiner Tasche den Entlassungsschein und reichte ihn hinüber. Er heftete[5] ihn an die grüne Karte, die er mit meinen Angaben zu beschreiben begonnen hatte.

"Damaliges[6] Delikt ?"

"Glückliches Gesicht."

Die beiden blickten sich an.

"Erklären", sagte der Vorvernehmer.

"Damals", sagte ich, "fiel mein glückliches Gesicht einem Polizisten auf[7] an einem Tage, da allgemeine Trauer befohlen[8] war. Es war der Todestag des Chefs."

---

1 **Vorvernehmer,** *Vernehmer, Obervernehmer, Hauptvernehmer* : dénominations ironiques et inventées de toutes pièces des différents titres des personnes qui procèdent ici à l'interrogatoire du prévenu. Nous essayons de les rendre par un terme de sens approchant et qui lui non plus n'existe pas en français.

2. de **gebären (a, o) :** *mettre au monde.* **In Stuttgart geboren sein :** *être né à.* **Unter einem glücklichen Stern geboren sein :** *sous une bonne étoile.* **Die Geburt (en). Die Geburtenkontrolle, der Geburtenrückgang.**

3. **entlassen (ä, ie, a) :** *congédier, renvoyer, licencier.* **Aus dem Gefängnis, der Schule, dem Krankenhaus entlassen. Eine fristlose Entlassung :** *licenciement sans préavis.*

4. **der Schein (s, e) :** (a) *attestation, reçu, bon.* C'est le sens ici. **Der Lieferschein :** *bon de livraison ;* **der Garantieschein, der Geldschein = die Banknote :** *billet de banque.* (b) apparence : **dem Schein nach, der Schein trügt :** *trompe.* **Er scheint, Auslän-**

Quelques instants plus tard un homme grand et pâle entra, dans l'uniforme brunâtre du sous-interrogeant. Il s'assit sans dire un mot et me fixa des yeux.

— Profession ?

— Simple camarade.

— Né ?

— Le un un un, dis-je.

— Dernier emploi ?

— Détenu.

Les deux se regardèrent.

— Libéré quand et où ?

— Hier, Immeuble 12, cellule 13.

— Envoyé où ?

— Dans la capitale.

— Papiers.

Je sortis de ma poche mon attestation de libération et la lui tendis. Il l'agrafa à la carte verte qu'il avait commencé de remplir avec les indications que je lui avais déjà données.

— Délit précédent ?

— Visage heureux.

Les deux se regardèrent.

— Explication, dit le sous-interrogeant.

— Jadis, dis-je, mon visage heureux avait frappé un policier le jour même où la tristesse générale était prescrite. C'était le jour du décès du Chef.

---

der *(étranger)* **zu sein.** (c) *lumière, éclat.* **Im Schein der Taschenlampe** : *à la lumière de la lampe de poche.* **Der Sonnen-, der Mondschein.**

5. **heften (te, t) an** + acc. : *attacher, fixer.* Cf. **das Heft (e)** : *cahier* ; **die Heftklammer (n)** : *agrafe de bureau.*

6. **damalig** : adj. correspondant à **damals** : *à cette époque-là, alors, autrefois.*

7 **auf/fallen (ä, ie, a, sein)** : *frapper l'attention* ; **auffallend** : *frappant.* **Sie ist auffallend hübsch** : *remarquablement jolie, cela saute aux yeux.* **Ihr bayerischer Akzent fiel mir sofort auf** : *attira immédiatement mon attention.*

8. **befehlen (ie, a, o)** : *commander, donner un ordre.* **Der Befehl (e), einen Befehl ausführen** : *exécuter* **Im 2. Weltkrieg war General Eisenhower Oberbefehlshaber der Alliierten in Europa** : *généralissime.*

"Länge der Strafe ?"
"Fünf."
"Führung ? [1]"
"Schlecht."
"Grund ?"
"Mangelhafter [2] Arbeitseinsatz."
"Erledigt."

Dann erhob sich der Vorvernehmer, trat auf mich zu und schlug mir genau die drei vorderen mittleren Zähne aus : ein Zeichen, daß ich als Rückfälliger [3] gebrandmarkt werden sollte, eine verschärfte Maßnahme, auf die ich nicht gerechnet hatte. Dann verließ der Vorvernehmer den Raum, und ein dicker Bursche in einer dunkelbraunen Uniform trat ein : der Vernehmer.

Sie schlugen mich alle : der Vernehmer, der Obervernehmer, der Hauptvernehmer, der Anrichter und der Schlußrichter, und nebenbei vollzog der Polizist alle körperlichen Maßnahmen, wie das Gesetz es befahl ; und sie verurteilten [4] mich wegen meines traurigen Gesichtes zu zehn Jahren, so wie sie mich fünf Jahre vorher wegen meines glücklichen Gesichtes zu fünf Jahren verurteilt hatten.

Ich aber muß versuchen, gar kein Gesicht mehr zu haben, wenn es mir gelingt, die nächsten zehn Jahre bei Glück und Seife zu überstehen...

---

1. **die Führung :** (a) *direction, gestion.* **Die Führung eines Betriebs übernehmen** : *la direction d'une entreprise.* (b) *conduite, comportement* (c'est le sens ici). (c) *visite guidée.* **Eine Führung durch die Stadt, das Museum veranstalten** : *organiser.*
2. **mangelhaft,** de **der Mangel(¨)** : *pénurie, manque, défaut.* **Ein Mangel an Rohstoffen** : *matières premières,* **Vitaminen.**
3. préfixe **rück = zurück, rückwärts.** Idée de mouvement en arrière, en retour. Cf. le préfixe français *re.* Sens analogue dans des mots comme : **die Rückfahrkarte** : *billet AR* ; **der Rückspiegel** : *rétroviseur* ; **der Rücktritt** : *démission* ; **rückwirkend** : *rétroactif.*
4. **verurteilen (te, t) zu** + datif : *condamner à.* **In Abwesenheit verurteilen** : *par contumace.* **Zur Zahlung der Kosten** : *aux dépens.*

— Durée de la peine ?
— Cinq.
— Conduite ?
— Mauvaise.
— Motif ?
— Travail défectueux.
— Affaire réglée.

Le sous-interrogeant se leva alors, vint vers moi et me cassa exactement les trois dents moyennes antérieures : c'était le signe que je devais être stigmatisé comme un récidiviste, une mesure plus sévère que les autres, à laquelle je ne m'étais pas attendu. Le sous-interrogeant quitta la pièce et un garçon épais, dans un uniforme brun foncé, entra : l'interrogeant.

Ils me frappèrent tous : l'interrogeant, l'interrogeant-chef, l'interrogeant divisionnaire, le juge initial, le juge final et, en outre, le policier m'infligea tous les châtiments corporels prescrits par la loi. Et ils me condamnèrent à cause de mon visage triste à dix ans, tout comme, cinq ans plus tôt, ils m'avaient condamné à cinq ans à cause de mon visage heureux.

Il me faut essayer maintenant de n'avoir plus de visage, si je réussis à survivre aux prochaines dix années qui viennent, sous le signe du bonheur et du savon.

Imprimé en France par CPI
en décembre 2015

MIXTE
Papier issu de sources responsables
FSC® C003309

Pocket, une marque d'Univers Poche,
est un éditeur qui s'engage pour
la préservation de son environnement
et qui utilise du papier fabriqué à partir
de bois provenant de forêts gérées
de manière responsable.

POCKET - 12, avenue d'Italie - 75627 Paris Cedex 13

N° d'impression : 2019566
Dépôt légal : juin 2003
Suite du premier tirage : décembre 2015
S13465/09